W0417996

Une certaine
Clara Parker

Ségolène Valente
Illustrations de Marie-Noëlle Pichard

Une certaine Clara Parker

RAGEOT

ISBN 2-7002-3223-2

© RAGEOT-ÉDITEUR – PARIS, 2006.
Tous droits de reproduction, de traduction et d'adaptation
réservés pour tous pays.
Loi n° 49-956 du 16-07-1949 sur les publications
destinées à la jeunesse.

Première en français

J'ai profité d'un long silence pour prendre discrètement ma règle et souligner au stylo vert : lundi 11 octobre, correction. Puis j'ai attendu comme tout le monde le dixième point de la correction en question.

Mme Roux, la prof de français, tenait le paquet de copies bien serré contre elle pour que personne ne voie qui avait la meilleure note. Elle commentait les premières rédactions de l'année depuis trois quarts d'heure en faisant des allers et retours sur l'estrade.

À chaque fin de phrase, on pensait qu'elle allait enfin passer à la distribution mais elle trouvait toujours une remarque à ajouter. On écoutait sans bouger une oreille, même Octave au fond de la classe.

– J'ai eu la mauvaise surprise de constater que vous avez un niveau désastreux en orthographe, a repris Mme Roux en s'immobilisant au milieu de l'estrade. À l'exception d'une copie irréprochable, je trouve chez certains une faute par mot !

Une copie irréprochable ? Mes mains sont devenues moites. Une chose était sûre, ce n'était pas la mienne, l'orthographe a toujours été mon point faible. Mais j'ai beaucoup d'imagination en rédaction. Mon père avait jugé mes idées très astucieuses. Et puis l'année dernière, en CM2 avec M. Badin, j'avais les meilleures notes en expression écrite mais il n'y avait pas Clara Parker dans notre classe…

– C'est inadmissible, a-t-elle continué.

Je n'y peux rien si je ne suis pas bonne en orthographe. C'est héréditaire chez nous, mon père aussi est mauvais. Dommage, c'est la seule chose que j'ai prise de lui. Pour le reste, je ressemble comme deux gouttes d'eau à ma mère.

– Bon, elle a fini son blabla ! a murmuré ma voisine Manon derrière sa main.

Manon pensait la même chose que moi : les notes, vite, et qu'on n'en parle plus.

Mme Roux s'est approchée du bureau pour reprendre les copies. Le suspense était à son comble. On entendait la craie du prof sur le tableau de la salle voisine.

– Il est impératif que vous vous relisiez pour faire la chasse aux fautes, a-t-elle ajouté.

Elle a inscrit en gros au tableau à la suite des neuf autres points essentiels : 10 - SE RELIRE.

Toutes les têtes se sont penchées sur les feuilles de correction pour noter. Manon a regardé sa montre et a marmonné :

– La cloche va sonner et elle n'a pas rendu les copies ! Encore une récré qui va sauter.

La prof a mis ses lunettes et a ouvert son carnet avant d'annoncer :

– Vos notes vont de 3 à 19.

Mon cœur s'est mis à palpiter. 19 ! Pas possible ! Qui était-ce ? Mme Roux a la réputation de noter très sévèrement et elle nous a prévenus dès le premier cours qu'elle n'avait jamais mis plus de 16 en rédaction de toute sa carrière. On s'est tournés vers la fille du troisième rang : Clara Parker, la super-boss de notre sixième. Depuis le début de l'année, elle rafle les meilleures notes dans chaque matière. 20 en maths et en latin, une moyenne de 19 en anglais, jamais en dessous de 18 en histoire. Sa pire note, c'était en course d'endurance, elle n'a eu que 15, mais il y avait du vent et elle a eu la meilleure note !

– C'est Clara, tu crois ? a soufflé Manon.

– Je ne crois pas, j'en suis sûre, ai-je lâché froidement.

Je me suis retenue de répondre « tais-toi » ou « je m'en fiche » car Manon aurait pensé que j'étais jalouse et mauvaise perdante. Ce qui était le cas. Ma copine ne pouvait pas imaginer une seconde l'effet que ça fait à une ex-meilleure en français d'être doublée. Je croyais sincèrement que dans cette matière, je serais plus forte que Clara. Pas en orthographe ni en grammaire mais en rédaction. Cela dit, si la prof enlevait un point par faute, j'allais me retrouver avec - 5. J'avais envie de me cacher sous la table et de fondre en larmes.

– La moyenne générale est de 9,5. J'attends beaucoup mieux de vous la prochaine fois.

Mme Roux a tapoté le paquet de copies sur la table. On trépignait d'impatience. Devant moi, comme d'habitude, Octave rigolait avec Dylan. Je ne sais pas ce qu'ils pouvaient se raconter de si drôle dans un moment aussi tragique, mais j'ai eu encore l'impression qu'ils se moquaient de moi.

Soudain la voix de la prof de français m'a fait tressaillir.

– Clara Parker, excellent !

C'était bien Clara qui avait eu 19 ! Pour la première fois de l'année un sourire est passé sur le visage de la prof. Un « Ouha ! » collectif a résonné dans la salle mais Mme Roux l'a interrompu immédiatement d'un claquement de règle. Clara Parker s'est levée pour aller récupérer son chef-d'œuvre au bureau. Elle a susurré un « merci » peu enthousiaste comme si elle recevait un 10.

À sa place, moi, j'aurais eu du mal à contenir ma joie. Les joues rouges de bonheur, les yeux brillants et le sourire à peine dissimulé, j'aurais bondi sur l'estrade et, ma copie à la main comme si je tenais l'Oscar du meilleur premier rôle féminin, j'aurais remercié mon père et ma mère bien sûr, mais aussi mes frères que j'aime malgré tout, Manon et la terre entière.

Clara a regagné sa place avec la plus grande discrétion, sans regarder personne, et elle a lu sa copie pour analyser les annotations. 19 c'était tellement banal pour elle ! Quand je pense que j'en rêvais la nuit ! Juste une fois, en sixième, être la première à un contrôle, ce serait extraordinaire.

La note suivante était 15. Elle allait à Octave, qui est un peu moins fort que moi d'habitude. Moi j'avais 13, à cause de l'orthographe bien sûr. Je n'avais pas eu le temps de me relire avec toutes les idées qui se bousculaient à mon stylo. J'étais allée au plus urgent, n'en oublier aucune. J'étais drôlement déçue et en plus inquiète : un 13, ça ne porte pas malheur pour sa première rédaction ?

– C'est marrant, tu n'es pas la prems' cette fois Sixtine, a lancé Manon qui trouve toujours tout drôle, même ce qui ne fait rire qu'elle.

Le défaut de Manon c'est qu'elle ne se rend pas compte de l'effet que peuvent produire ses paroles.

– Oui, c'est vraiment très marrant, ai-je répliqué en retournant ma rédac pour qu'elle ne puisse pas lire les observations.

– Oh ne te vexe pas, je disais ça pour rigoler ! 13 c'est bien, surtout avec Mme Roux. Regarde ma note, je ne fais pas la tête, moi ! Au contraire !

Manon avait 10 et elle était contente. Elle m'a expliqué :

– Si je n'ai pas la moyenne je n'ai pas le droit de regarder *Maxystar*. Résultat, pile la moyenne. Elle n'est pas belle la vie ?

Elle s'est éventée avec son passeport-télé et elle a soupiré de bonheur en s'imaginant devant son émission préférée.

Enfin, la cloche a sonné. On s'est précipitées en récré et là, je ne sais pas ce qui m'a pris, je me suis dirigée vers Clara Parker et je lui ai demandé :

– C'est bien toi le 19 ?

Elle a acquiescé d'un mouvement de la tête.

– Je peux lire ta rédac ?

– Si tu veux…

Elle a pris sa copie qui était glissée à la fin de son classeur comme un vulgaire brouillon. Elle me l'a tendue. Au moment de la saisir, je me suis sentie ramollo comme si je n'avais pas déjeuné ce matin. Mes doigts n'ont pas assez serré la feuille ou Clara l'a lâchée trop vite, je ne sais plus. La copie est tombée par terre. Je me suis précipitée pour la ramasser. Clara a eu le même réflexe. On s'est retrouvées toutes les deux accroupies et on s'est regardées, une seconde entière, troublées. Puis j'ai vite rangé sa rédaction dans ma pochette en carton et je l'ai remerciée comme si elle me donnait un kleenex.

À cet instant, je n'étais pas encore intimidée par Clara Parker. C'est après que tout a basculé.

Clara Parker, mon idole

J'ai beau chercher dans ma mémoire, je n'ai aucun souvenir de Clara Parker à la rentrée. Je me rappelle juste du jour où elle est venue vers nous dans la cour après la cantine alors qu'on révisait le premier contrôle de maths avec Manon. On s'amusait plutôt à faire des jolis cœurs dans la marge de nos cahiers de révisions. Clara nous a demandé :

– Excusez-moi, vous auriez une cartouche bleue à me prêter ?

– Ah non, désolée.

J'ai répondu sans me donner la peine de chercher. J'en aurais sûrement récupéré une au fond de ma trousse ou dans une pochette de mon sac à dos. Si j'avais su qu'elle était capable de pulvériser un tel record en français, et surtout d'écrire une aussi belle rédaction, je me serais pliée en quatre pour lui trouver sa cartouche. Elle a juste répondu :

– Tant pis, merci quand même.

Et elle est partie. Quand j'y repense, je me souviens de ses yeux d'un vert étrange dans le soleil, de son regard qui semblait dire :

– On pourrait être copines, non ?

Mais je n'étais pas prête. Ma copine, c'était Manon. Je voulais lui prouver que je pouvais réussir à dessiner un cœur plus joli que les siens. C'était à peu près mon seul but de la récré.

J'ai vite remarqué que Clara Parker raflait les meilleures notes partout, mais elle ne m'impressionnait pas plus que ça et je n'applaudissais pas avec les autres pour ses 20 en maths, en histoire, en anglais. Ça existe, les gens qui ont des facilités ou qui révisent comme des fous jour et nuit.

C'est en apprenant sa note en rédaction que j'ai commencé à m'intéresser au phénomène Clara Parker et à l'admirer comme une déesse, une magicienne qui transforme tout ce qu'elle touche en bonne note et en applaudissements.

Et puis le soir à la maison, j'ai lu sa rédaction.

Excellent était le mot juste. « De l'imagination, de la rigueur, de l'aisance dans le style », comme l'avait écrit la prof. J'ai pleuré comme une Madeleine quand, dans les dernières lignes, la petite fille réussit à réunir son père et sa mère le jour de son anniversaire.

J'ai passé la soirée à relire sa rédaction. Je la connaissais par cœur à la fin avec les mots savants comme : néanmoins, argumenter, s'indigner.

Je l'ai recopiée dans mon journal intime que j'avais négligé parce que je n'avais pas le temps. J'avais juste noté des choses comme mon emploi du temps et la liste des élèves de ma classe avec des plus et des moins à côté. Pour Clara Parker, je n'avais encore rien mis. J'ai vite complété le blanc par une ligne entière de signes plus. Je lui ai rendu son devoir le lendemain en lui disant « merci ». Je ne lui disais pas merci pour la rédac mais pour tout.

Merci d'exister, Clara Parker. Si un jour tu as besoin d'une amie, une vraie, pense à moi. Ce n'est pas pour les notes et je ne copierai pas sur toi, promis. Je trouve simplement qu'on ferait de très bonnes amies.

Voilà ce que j'ai écrit dans mon journal le lendemain soir. Ensuite je l'ai posé sur ma table de nuit sans le fermer à clef, car j'ai perdu la clef. Et puis par superstition, je préférais le savoir ouvert, comme si mon vœu avait plus de chances de se réaliser ainsi : devenir amie avec Clara Parker.

Dans la cour, jour après jour, je me suis mise à l'observer. Lorsqu'elle s'approchait, mon sac me semblait lourd, j'avais l'impression de m'enfoncer dans le sol. Ma bouche tombait béatement, mes mains se ramollissaient et mon cœur se déchaînait.

En plus d'être intelligente, Clara était particulièrement belle. Elle ne s'habillait pas comme Manon qui suit la mode de *Maxystar* avec ses vêtements hyper flashy mais simplement en jean, pull et baskets.

Parfois je me mettais à l'imiter : comme elle, je fronçais le nez en souriant, j'adoptais sa façon de regarder sur le côté sans bouger la tête, ou sa manie de tapoter son stylo plume sur la feuille pour faire venir les idées. J'allais jusqu'à vouloir la même fossette au menton et je passais la moitié des cours à y appuyer mon petit doigt pour essayer d'en creuser une.

Clara aurait pu être une concurrente, j'aurais pu la détester pour la note qu'elle raflait en français mais non, je la trouvais chaque jour un peu plus merveilleuse et mystérieuse.

Dans ma classe, il y a ceux qui adorent une chanteuse, une actrice, un footballeur. Moi j'aime Clara Parker de la sixième 3. J'aime ses cheveux mi-longs, raides et blonds, attachés en queue de cheval par une barrette argentée (toujours la même, ça doit porter bonheur), sa peau encore bronzée des grandes vacances, son pendentif brillant au creux de son cou, son grain de beauté au-dessus de la lèvre, sa bosse sur le majeur à force de serrer son stylo, sa trousse rouge avec une tache d'encre sur le côté et sa veste à capuche.

Clara Parker, la super-crack en tout. Si je manque de concentration, comme le dit le prof d'anglais, c'est parce que je pense trop à elle. Je l'observe et j'imagine que je suis aussi forte qu'elle. Là, peut-être, elle me regarderait.

Aborder Clara Parker

Clara Parker ne parle à personne sauf à Perrine Bonnet, une fille qui n'avait pas de copines au primaire l'année dernière. Elles sont tout le temps ensemble, en classe, dans la cour, à la cantine. Perrine a beau être petite et fluette, elle joue le rôle de son garde du corps. Elle a l'œil pour repérer ceux qui tenteraient de s'approcher de sa copine et se dresse devant elle comme un bouclier. Le message est clair : avant de parler à Clara, adressez-vous à Perrine qui transmettra.

Quelques jours après la correction des rédactions, comme on s'installait en cours de techno, j'ai chuchoté à l'oreille de Manon :

– Je me demande ce que Clara trouve à Perrine, elle se met toujours avec elle pour les travaux pratiques.

– Moi aussi j'avais remarqué. Pourtant Perrine ne brille pas par ses bonnes notes.

Manon a raison. Perrine travaille avec acharnement mais frôle à peine la moyenne.

Ce qui me plaît chez Manon, c'est sa spontanéité. Elle n'a pas peur de formuler ce que les autres pensent tout bas. Par exemple, elle affirme qu'ils auraient dû garder Octave en primaire parce qu'il est vraiment immature, à ricaner sans arrêt pour un rien. Elle l'appelle « tête à claques ». C'est vrai qu'il est crispant.

– Elle doit être gentille, ai-je ajouté pour essayer de lui trouver une qualité.

– Oui, c'est ça, gentille…

Manon a prononcé le mot « gentille » d'une telle façon qu'on a éclaté de rire derrière l'ordinateur pour que le prof ne nous remarque pas. On pensait à la même chose. Gentille = simplette. J'étais contente d'entendre de la bouche de Manon exactement ce qui me tracassait : Perrine n'arrivait pas à la cheville de Clara, ça crevait les yeux.

Dans mon journal, j'avais noté :

Perrine est moche et crétine. Je suis obligée de lui faire de grands sourires pour m'approcher de Clara. Beurk ! Je voudrais que Clara se rende compte qu'elle perd son temps avec une fille pareille. Sa vraie bonne copine, c'est moi.

– C'est connu, a ajouté Manon, les filles belles et intelligentes n'aiment pas la concurrence. Elles ont besoin d'un faire-valoir, d'une copine moche et bête. Elles ont peur qu'on leur pique la place. Exactement comme toi et moi…

– Comment ça, comme toi et moi ?

– Je plaisante. T'as aucun humour !

Pourquoi Clara éviterait-elle la concurrence puisque personne ne peut l'égaler ? J'étais persuadée qu'elle avait secrètement envie de trouver une autre amie que Perrine, plus futée, plus rigolote, à qui elle pourrait se confier. Quelqu'un comme moi par exemple. Mais aborder Clara Parker, c'était au-dessus de mes forces.

J'ai décidé de convaincre Manon de m'accompagner pour aller voir Clara. C'est plus facile d'être deux dans ces cas-là. Pourtant, je ne suis pas spécialement timide.

– Tu crois que Clara accepterait de nous refiler ses exos de maths ? ai-je demandé à Manon, un jour où on avait passé une heure de permanence à faire un exercice alors que Clara Parker attaquait le septième.

– Faisons connaissance avant. On ne va pas arriver comme un cheveu sur la soupe le jour où on a besoin d'elle !

La réponse de Manon était celle que j'attendais. Elle était d'accord pour approcher Clara Parker. Parfait !

Heureusement elle n'a pas imaginé une seconde que j'avais l'intention de m'en faire une amie. Elle n'aurait pas apprécié et je ne tenais pas à la blesser.

Manon n'est pas du genre à prendre mal les choses. Elle a plusieurs copines au collège. Mais elle ne comprendrait pas à quel point j'admirais Clara, ni ce que je voyais en elle : ma véritable future grande amie. Rien à voir avec Manon que j'aime beaucoup, mais qui n'est pas mon idole.

Une semaine après la correction des rédactions, à la cantine, on s'est dirigées vers la table de Clara et Perrine.

– Il y a quelqu'un ? a demandé Manon en posant son plateau sans attendre la réponse, comme si la place nous était réservée.

Perrine a répondu non de la tête.

– Alors maintenant il y a quelqu'un ! s'est exclamée ma copine en s'asseyant.

On n'a pas vraiment discuté, il y avait trop de bruit dans le réfectoire. D'ailleurs j'étais intimidée, je ne savais pas quoi dire et Clara semblait très lointaine. Elle n'a pas remarqué ce que Perrine a vu tout de suite : mes yeux faisaient des allers et retours incessants entre mon assiette et elle.

Pendant ce temps, Manon engloutissait mes lentilles en me demandant si j'accepterais de lui donner mes raviolis le lendemain parce qu'elle les adore. Ça tombe mal, moi aussi.

Elles ne nous ont pas attendues pour sortir du réfectoire et se sont précipitées dans leur coin préféré pour que personne ne prenne leur place, sur les marches de l'escalier près de la salle 11 bis. Clara a ouvert un roman et Perrine son livre d'anglais.

– Tant pis pour les exos, on se débrouillera, a conclu Manon.

J'ai proposé :

– Tu ne veux pas qu'on essaie encore une fois ?

– Non merci, la balle est dans leur camp ! Et puis tu sais, il y a d'autres filles dans ce collège si on veut se faire des copines.

– Tant pis... Je pensais qu'elle aurait pu nous souffler quelques réponses pour le contrôle de vendredi, lui ai-je lancé.

Manon n'a rien dit et je n'ai pas insisté. Ce n'était que partie remise. Je savais bien que ma copine ne renoncerait pas si vite.

Relax Max

Le lendemain matin, Manon est arrivée au collège avec un paquet de fraises Tagada. Je me doutais que le contrôle de maths la motiverait !

Comme d'habitude, Clara et Perrine étaient sur les marches près de la salle 11 bis, qui est située dans un bâtiment le long de la voie de chemin de fer où ne passent que des trains de marchandises. On a commencé à se balader dans la cour, bras dessus bras dessous, et on est passées près d'elles.

– Vous voulez une fraise Tagada ? a lancé Manon.

Clara a fait la moue pour dire non et Perrine l'a imitée comme un petit singe.

Je ne savais pas comment rebondir. Partir en disant « À tout à l'heure » d'un air décontracté ? Attendre qu'elles relancent la conversation ? Heureusement un train est passé, le temps pour moi de réfléchir parce qu'on ne peut rien dire quand il y en a un, même les profs sont obligés de se taire. Mais après tout ce vacarme, mon esprit était toujours aussi embrumé. Manon a sauvé la situation :

– On a perm cet après-midi ? a-t-elle demandé à Clara.

– Non, c'est le groupe A.

Quand Clara met un point à la fin d'une phrase, c'est très difficile de rebondir. J'ai laissé Manon se débrouiller, elle semblait plus à l'aise que moi.

– Ah oui c'est vrai, je suis bête !

– Ça c'est vrai ! me suis-je exclamée.

Je ne sais pas pourquoi elle m'a regardée d'un air furieux, je ne faisais que confirmer ce qu'elle venait de dire. Elle n'a pas d'humour quand il s'agit d'elle.

– Mais non, je rigole ! ai-je lancé. Bon, à plus tard.

On s'est dirigées vers le gymnase.

Je me sentais terriblement mal après ce nouvel échec avec Clara, et Manon faisait un peu la tête. Octave et ses copains ont rigolé quand on s'est approchées d'eux. Manon avait mis son pantacourt et à chaque fois ça les rend hilares, je n'ai toujours pas compris pourquoi. Ils sont d'un lourd...

– Il aurait fallu parler d'autre chose, ai-je déclaré subitement à Manon.

– Si tu sais comment faire vas-y, je t'en prie. Moi je m'en fiche de cette fille, on se débrouillera pour les maths. On demandera à tes frères.

– À mes frères ?

Je n'ai pas eu le réflexe de répondre : « N'y compte pas ». J'ai deux grands frères. Alexandre a quinze ans, il est en première S avec un an d'avance mais il a un emploi du temps trop chargé pour nous donner des cours de maths. Maxence a treize ans et il est dans mon collège en quatrième. Il se laisse pousser les cheveux. De loin, on le prendrait pour une fille. Il porte toujours le même jean taille basse et un tee-shirt XXL avec un skateur en pleine action. Il n'est pas mauvais en maths mais quand je lui demande de m'aider, il répond par un soupir qui signifie : « Pas longtemps et c'est la dernière fois ».

Mes deux frères pensent que je suis trop gâtée parce que je suis la petite dernière. Je leur adresse la parole le moins possible depuis qu'ils m'ont accusée de piquer de l'argent dans le sac de maman alors qu'elle m'avait demandé, ce jour-là, de prendre mon argent de poche dans son porte-monnaie. Heureusement maman m'a défendue mais pendant des jours ils m'ont appelée « la petite voleuse » pour me faire enrager.

Au moment où j'allais dire à Manon de ne pas compter sur mes frères, Max est arrivé vers nous, ce qui est plutôt rare. En général, il passe ses récrés à l'autre bout de la cour et fait semblant de ne pas me connaître quand on se croise dans les couloirs. Il était avec son copain Paul, un garçon qui est venu une semaine au ski avec nous et qui dit à tout bout de champ : « Relax Max ».

Paul n'ose jamais me regarder en face quand on se voit au collège ou à la maison, à croire que Max lui a raconté des horreurs sur moi, mais au moins il est poli, lui, il me dit bonjour. Depuis qu'il laisse pousser ses cheveux, il est nettement plus mignon.

– Tu me passes tes clefs, j'ai oublié les miennes, a marmonné Max de peur que quelqu'un le surprenne en train de discuter avec une sixième.

Pas de bonjour, pas de s'il te plaît, pas de sourire. Rien pour sa petite sœur chérie, ce n'est pas grave, j'ai l'habitude. J'ai lancé un coup d'œil à Paul et j'ai rétorqué :

– Relax Max !

– Bon, c'est pour aujourd'hui ou pour demain ? s'est-il impatienté.

– Pfff ! Tu ne peux pas penser à tes affaires, ai-je soupiré en prenant un air blasé.

J'adore quand il est obligé de me demander un service, je me sens utile.

– Allez, speede un peu, Sixtine !

– Minute, y a pas le feu.

J'ai pris mon temps pour trouver mes clefs dans mon sac à dos et je les lui ai tendues. Je n'ai pas lâché tout de suite mon porte-clefs avec une bouteille d'Orangina. Je fixais Max droit dans les yeux. J'attendais un remerciement.

– Heureusement que ta sœur est là, Max ! a murmuré Paul en devenant rouge comme ses baskets.

– Ça lui écorcherait la bouche de le reconnaître, ai-je renchéri. Merci Paul. Enfin quelqu'un de poli, ça fait plaisir !

Paul a baissé la tête et il a mis ses mains dans les poches de sa veste de jogging, puis dans son pantalon de jogging, et à nouveau dans sa veste.

– Je ne suis pas seulement la petite sœur énervante, parfois je suis bien utile !

– C'est ça, merci, a ronchonné Max.

Avant de lâcher le porte-clefs, j'aurais pu exiger de lui : « Mieux que ça, tes remerciements ». Mais à cet instant, j'ai remarqué que Clara et Perrine venaient vers nous et avaient les yeux rivés dans notre direction. C'était la première fois que j'avais l'impression d'intéresser Clara Parker. J'aurais préféré qu'elle n'assiste pas à cette scène entre mon frère et moi. Pas très engageante, l'ambiance dans la famille ! J'ai essayé de me rattraper :

– À ce soir, ai-je lancé à Max en souriant.

– Ouaip, a-t-il juste répondu, un peu surpris par ma soudaine amabilité.

– Tu passes à la maison aujourd'hui ? ai-je proposé à Paul.

Paul a regardé mon frère, interloqué, et il a bredouillé :

– Je ne sais pas... peut-être...

En fait, il est venu en vélo rendre un jeu à Max vers 18 heures mais je l'ai vu seulement quand il claquait la porte pour partir. L'essentiel c'est que Clara ait compris que les copains de mon frère étaient aussi mes copains. Bon point pour moi. La chance tournait de mon côté.

La cloche a sonné. On est rentrées pendant que Max et Paul s'éloignaient vers le parking à vélos. En cours de maths, j'ai imaginé comment on deviendrait amies, Clara et moi : je lui porterais secours un jour où elle se ferait embêter à la sortie du collège par les types du lycée Balzac, en demandant à mes frères de l'aider. Elle me remercierait. Je lui répondrais : « Tu plaisantes, je n'ai rien fait ». Elle dirait : « Tu veux venir chez moi mercredi ? ». Et je penserais : Ouiii !!!

Alors j'arriverais à lui parler comme à une personne normale et je lui poserais le milliard de questions que je veux lui poser, sur elle, sa famille, ses amis. Je saurais comment elle vit, ce qu'elle aime, ce qu'elle mange le matin au petit-déjeuner, quel shampoing elle utilise pour avoir des cheveux si souples, ce qu'elle voit de la fenêtre de son bureau pour être si inspirée quand elle travaille. Je n'aurais pas assez de toute l'année pour épuiser ma liste.

C'est fou comme une heure de maths passe vite quand on a des rêves plein la tête.

Fiesta générale

Mon rêve allait devenir réalité. J'allais enfin rencontrer Clara Parker en dehors du collège. Plus besoin de l'imaginer en danger pour venir à sa rescousse, il y avait une solution toute simple : mon anniversaire tombait à pic.

C'est maman qui a eu l'idée géniale d'organiser une fête et d'inviter toute ma classe pour mes onze ans. Elle a pris le calendrier sur le frigo et on a choisi ensemble la date, le samedi 12 décembre, une semaine avant les vacances de Noël. Maman adore organiser de grandes fêtes. Avant je trouvais ça gênant parce qu'en décembre, on ne se connaît pas encore bien.

– C'est l'occasion de vous apprécier justement, m'a expliqué maman. Profites-en, quand j'avais ton âge j'aurais adoré que mes parents invitent mes amis à la maison.

Maman a la manie de nous comparer en soulignant bien la chance que j'ai. Elle aurait tellement aimé avoir tous les vêtements que j'ai, aller au cinéma, avoir de l'argent de poche, manger à la cantine, voir ses copines en dehors de l'école... Un jour, je lui répondrai : « Ma véritable chance aurait été de ne pas avoir une mère qui rêve à ma place. » J'ai dû écrire cette phrase en gros au moins trois fois dans mon journal, je l'ai laissé ouvert pour être exaucée mais apparemment ça n'a eu aucun effet.

J'ai bâclé en moins d'un quart d'heure toutes les invitations et j'ai gardé le meilleur pour la fin : celle de Clara. J'ai recommencé trois fois l'enveloppe pour qu'il n'y ait aucun défaut. Mon écriture devait être impeccable, ni trop grosse, ni trop serrée, le nom devait être écrit parfaitement droit et l'enveloppe parfaitement collée.

Le lendemain matin en arrivant au collège, j'ai commencé la distribution avec Manon.

– Ton anniversaire ! s'est exclamé Octave, le temps de chercher une blague pour faire rire tout le monde. Ah ouais ! T'as quel âge ? Neuf ans ou dix ans ?

Et il a gloussé avec ses copains.

– Et toi, ça te fait combien ? ai-je répliqué. Six ans d'âge mental ?

Je suis partie avec Manon finir ma distribution. Les garçons en sixième, ce n'est pas terrible. Mais en cinquième ça empire, si on prend Max comme référence.

J'ai croisé Perrine devant le tableau d'absences des profs. Elle attendait Clara qui était dans le bureau des surveillants. J'aurais pu patienter mais ça m'arrangeait de passer par son intermédiaire. J'aurais eu trop la frousse de donner l'enveloppe directement à Clara, ma main aurait tremblé.

– Non ! Tu ne vas pas l'inviter quand même ! s'est exclamée Manon en me voyant sortir une enveloppe de mon sac.

– J'ai dit que j'invitais toute la classe ! ai-je rétorqué. Et puis elle est sympa dans le fond, tu ne trouves pas ?

– Vraiment dans le fond alors !

J'ai donné l'invitation à Perrine en croisant les doigts pour que mon plan marche.

– Tiens, Perrine, c'est pour toi.

– Pour moi ?

Elle a semblé étonnée et contente. J'étais à la fois gênée parce que l'année dernière je ne l'avais pas invitée et agréablement surprise par sa réaction. Elle a ouvert l'enveloppe et a dit en prenant un air affolé :

– Le 12 décembre… je ne sais pas si je pourrai.

Pourquoi jouait-elle la fille surbookée alors que je savais pertinemment qu'elle passait tous ses week-ends à regarder la télé ? Était-ce une façon de se faire désirer ? Je n'avais pas l'intention d'insister.

– Tant pis, ai-je répondu.

– Je vais tout faire pour venir.

– Tu peux donner celle-là à Clara ? ai-je demandé.

Et j'ai entraîné Manon vers la cour pour éviter de rencontrer Clara.

Quelques minutes plus tard, j'ai aperçu Perrine lui remettre mon invitation. Elle a mis du temps à ouvrir l'enveloppe trop bien fermée. Elle a parcouru le petit mot et a rangé le tout dans son sac sans rien dire. Le plus difficile était fait. Maintenant je n'avais plus qu'à organiser la grande fiesta inoubliable de mes onze ans !

J'ai fait une liste afin d'être sûre de ne rien oublier pour mon anniversaire : bonbons, boissons, gâteaux, décorations, musique, il fallait que ce soit parfait puisque Clara Parker venait. En fait, la liste est restée sur la table de la cuisine quand on est parties avec maman au supermarché, et on a improvisé.

Le jour J, j'ai voulu tout annuler parce que je n'avais pas assez de disques pour danser mais Manon m'a promis d'en apporter.

Une heure avant l'arrivée des invités, je me suis aperçue avec horreur qu'on avait oublié d'acheter de l'Ice-Tea, la boisson préférée de Clara. Je le sais parce qu'un jour elle avait une bouteille dans son sac. J'en étais tellement malade que mon père est parti s'en procurer à l'épicerie.

Le 12 décembre, mes invités ont fait leur apparition les uns après les autres et parfois en paquets. Ils ont dû se demander pourquoi je passais sans arrêt dans le couloir pour me regarder dans le miroir.

– Mais oui, t'es top ! s'est moquée Manon. Tu veux plaire à qui ? À Octave ?

– Ah lui, pas du tout !

Il ne manquait plus que Clara et Perrine. C'est pour Clara que je vérifiais si aucun cheveu ne sortait de mes barrettes ou si les cœurs de mes boucles d'oreilles étaient placés du bon côté. Je voulais qu'elle me trouve aussi parfaite qu'elle.

J'étais en train d'arranger une mèche de cheveux rebelle avec la mousse que m'avait prêtée Manon quand la sonnette a retenti. C'était elle ! J'ai sursauté et laissé tomber la mèche qui rebiquait pour me jeter sur la porte et les accueillir. J'avais le sourire aux lèvres, mon cœur battait et mes yeux pétillaient. Clara Parker chez moi ! Le rêve !

Quand j'ai ouvert la porte, mon sourire s'est figé, mon cœur s'est arrêté et des larmes ont failli jaillir de mes yeux.

– Salut ! s'est exclamée Perrine.

– Salut, ai-je marmonné.

Perrine s'est essuyé les pieds sur le paillasson pendant trois minutes. Sans doute attendait-elle que je m'écarte pour entrer. J'étais figée comme une porte blindée en voyant que Perrine arrivait seule…

J'ai reculé dans le hall et je l'ai invitée à poser ses affaires. J'ai attendu le plus possible avant de lui demander des explications, je ne voulais pas la vexer en lui montrant que j'accordais plus d'intérêt à l'absente.

– Clara n'est pas venue avec toi ?

– Elle est chez son père ce week-end.

J'ai cru que j'allais lui faire avaler son manteau et l'étrangler avec son écharpe. Pourquoi ne m'avait-elle pas prévenue que Clara allait chez son père certains week-ends, comme celui de mon anniversaire ? J'étais décomposée.

Si j'avais su, j'aurais choisi le week-end précédent. J'aurais même été capable de refaire toutes mes invitations.

Perrine a fouillé dans son sac pour sortir un objet enveloppé d'un papier crépon rose.

– Clara tenait absolument à t'offrir un cadeau pour ton anniversaire.

J'étais stupéfaite. Clara avait pensé à moi! Elle avait pris le temps de se creuser la tête pour trouver une idée de cadeau, de faire les magasins et elle l'avait peut-être payé avec son argent de poche. C'était extraordinaire. Un sourire est réapparu sur mes lèvres, mon cœur s'est remis à tambouriner et, cette fois-ci, mes yeux ont failli pleurer de joie. J'ai pris le précieux cadeau dans mes mains et j'étais tellement contente que j'étais à deux doigts de me précipiter sur Perrine et de l'embrasser.

– Merci, oh merci! me suis-je exclamée. Tu la remercieras de ma part.

J'ai ouvert le paquet. C'était une boîte à bijoux avec des pierres précieuses sur le couvercle, du velours rouge à l'intérieur et un petit miroir. Je n'avais jamais reçu un aussi beau cadeau de ma vie. Je l'ai posé immédiatement sur ma table de nuit à côté de mon journal intime, comme porte-bonheur numéro 2. Manon est arrivée pour nous demander ce qu'on fabriquait.

– Il est beau, tu ne trouves pas? lui ai-je demandé. C'est de la part de Clara. Elle n'a pas pu venir.

– Ah oui, c'est vrai !
– Comment ça, c'est vrai ? Tu le savais ?
– Je crois qu'elle m'en a parlé mais j'ai oublié de te le dire.
– Tu as oublié ?
– Ce n'est pas grave, on est suffisamment nombreux.
Manon dans toute sa splendeur ! Je ne lui ai pas fait de reproches mais j'étais furieuse.
J'ai pris le deuxième cadeau que Perrine me tendait et on est descendues rejoindre les autres. Je l'ai posé sur la table et je suis allée aider maman à installer le buffet. Je pensais à Clara qui avait trouvé LE cadeau pour me faire plaisir. Je l'imaginais ici à mon anniversaire, près de moi, et j'étais heureuse même si je savais que ce n'était pas vrai.

J'étais assise avec Manon et les autres filles sur la pelouse en regardant les garçons faire une partie de foot quand on m'a tapé discrètement sur l'épaule. C'était Perrine, son cadeau à la main.

– Tu ne l'as pas ouvert, Sixtine !

J'avais un peu honte de l'avoir oublié si facilement. J'ai retiré le papier d'emballage. C'était un livre sur les chevaliers. Je crois qu'il est rangé dans ma bibliothèque sans jamais avoir été ouvert.

– Tu aimes lire, je crois ? a-t-elle demandé.

– Oui oui, beaucoup.

– L'année dernière tu étais forte en français, c'est pour ça que j'ai pensé à un livre.

Merci Perrine ! Inutile de préciser que cet exploit remontait à l'année dernière ! En plus, mes livres je préfère les choisir. J'ai fait un effort pour lui montrer que j'étais contente, et j'ai fait mine de parcourir la quatrième de couverture : « Chanson de geste saisissante par sa grandeur sauvage et sanglante ». Passionnant !

Cache-cache party

Tout le monde s'est rassemblé autour de la table. Certains ont commencé à picorer des bonbons pendant que maman cherchait la boîte d'allumettes pour allumer les bougies. À chaque anniversaire, on perd un quart d'heure à retrouver les allumettes qu'elle a égarées à la fête précédente. Elle a ouvert en grand les tiroirs un par un.

Je ne sais plus qui s'est mis à parler de Clara Parker. Je crois que c'est Octave.

– Et Clara ? Tu ne l'as pas invitée ?

– Si, bien sûr, mais elle ne pouvait pas venir, ai-je répondu.

– Elle révise le contrôle d'anglais, a répliqué Dylan en rigolant.

– N'importe quoi, ai-je rectifié, assez énervée qu'il puisse penser que Clara préférait travailler plutôt que de venir à mon anniversaire. Elle devait aller chez son père.

– Qui est Clara ? a demandé maman.

– C'est la meilleure de la classe, a répondu Octave.

Maman s'est arrêtée de chercher les allumettes. Elle semblait tout à coup très intéressée par notre conversation. Sa fille avait enfin une amie brillante !

– La meilleure de l'école, a renchéri Dylan. Elle pourrait passer le bac cette année, elle l'aurait.

– À onze ans ? s'est étonnée maman.

– Le brevet au moins, a lancé Octave pour soutenir son copain. Elle travaille comme une acharnée, tous les soirs jusqu'à minuit.

Maman a glissé sa main dans sa poche et elle a froncé les sourcils. Quand elle a sorti sa main, j'ai compris pourquoi : la boîte d'allumettes était dans sa poche droite. Elle avait fait exprès de la prendre avec elle pour être sûre de ne pas passer une heure à la chercher au moment d'allumer les bougies, et elle avait oublié ! J'ai souri parce que d'habitude c'est moi qu'on accuse de ne pas être ordonnée et de ne jamais rien retrouver dans ma chambre en désordre.

Manon a ajouté :

– Je crois que sa mère lui interdit de regarder la télé et d'écouter de la musique si elle a moins de 16. Il faudrait demander à Perrine, elle doit savoir. Elle est où d'ailleurs ?

On s'est tous retournés. Perrine n'était pas à table. Ça faisait dix minutes que personne ne l'avait vue.

Avant d'allumer les bougies, je suis montée la chercher à l'étage et je l'ai trouvée dans la chambre de Max, en train de fouiller les bandes dessinées et les mangas. Heureusement que mon frère était à un match, il n'aurait pas apprécié qu'une inconnue fouine dans ses affaires !

– Qu'est-ce que tu fais là ? ai-je demandé.

Perrine a sursauté et a bredouillé :

– Je... je cherche les toilettes...

– Dans la chambre de Max ?

– Je... j'ai...

– Au fond du couloir. Tu peux prendre une bande dessinée si tu veux.

– Non, non, c'était juste pour voir.

Elle était rouge comme une tomate. Elle a filé aux toilettes et elle est descendue deux minutes après moi.

– Elle était où ? m'a demandé Manon.

– Elle choisissait une BD dans la chambre de Max pour aller aux toilettes.

– Elle cherchait depuis combien de temps ? Elle avait disparu depuis un quart d'heure. C'est bizarre, non ?

Moi je comprenais que Perrine fasse le tour des chambres : sa meilleure copine n'était pas là et comme elle ne parlait jamais aux autres de la classe, elle devait s'ennuyer ferme. Heureusement, j'avais pris soin de ranger mon journal intime dans un tiroir.

Je suis revenue à la fête et j'ai soufflé sur les bougies qui dégoulinaient déjà sur le gâteau. Ils ont tous applaudi et se sont jetés sur les bonbons. Je savais qu'ils auraient plus de succès que le gâteau de maman.

Après le goûter, Perrine a accepté de participer à une balle aux prisonniers avec nous dans le jardin.

– Allez, viens dans notre équipe, ai-je insisté. Il y a Octave, il court vite, il fait de l'athlétisme, il va nous faire gagner.

Octave est devenu blême. Il s'est tourné vers moi en me lançant des yeux menaçants et il a secoué la tête, l'air de dire : « T'es folle, on ne va pas prendre ce boulet dans notre équipe ! ».

– Bon d'accord, a-t-elle alors déclaré. Mais je vous préviens, je suis nulle aux jeux de ballon.

– Et pas seulement aux jeux de ballon, m'a soufflé Octave.

– T'es vache ! ai-je chuchoté sans résister à l'envie de sourire.

En réalité, Octave avait raison d'être inquiet. Perrine était encore plus nulle à la balle aux prisonniers que dans les autres domaines. On a fait des matchs de volley avec elle en EPS. Elle a peur de la balle. Elle est tétanisée dès qu'elle la voit arriver sur elle. Il m'a fallu parlementer dix minutes avec Octave pour lui faire accepter Perrine dont l'autre équipe ne voulait pas.

– J'ai froid, a dit bientôt Perrine. Je devrais rester à l'intérieur.

– Je vais te chercher un pull, me suis-je écriée.

J'ai monté l'escalier quatre à quatre pour prendre une veste polaire. Elle n'avait plus d'excuse pour refuser de jouer.

Perrine a dû sentir que je faisais des efforts pour être gentille avec elle, même si elle ne s'appliquait pas beaucoup pour faire gagner notre équipe. Je lui donnais la balle dès que je pouvais, je disais aux autres de ne pas tirer sur elle systématiquement parce qu'elle passait son temps en prison. Je me jetais devant elle pour que le ballon ne la touche pas et pour qu'elle joue un peu plus longtemps. Je suis allée en prison à sa place et j'y suis restée deux siècles.

Du coup, Perrine est devenue un peu plus souriante avec moi qu'avec les autres. Mais vraiment, comment faisait Clara pour la supporter à longueur de journée ? C'était incompréhensible.

À la fin, Perrine a reçu le ballon dans le ventre, un vrai boulet de canon qu'avait tiré Dylan. Elle s'est pliée en deux, le souffle coupé. On l'a aidée à s'asseoir sur une chaise. Dylan ne savait pas comment s'excuser.

– Tu aurais pu faire gaffe, a lancé Octave, il va falloir opérer !

– Tu peux encore respirer ? a demandé Dylan. Alors ça va, t'as rien. Il faut juste que les organes se remettent à la bonne place.

– Tu devrais tout de suite rejouer, a ajouté Octave en rigolant, sinon tu auras peur du ballon toute ta vie.

– J'ai déjà peur du ballon, a-t-elle marmonné en faisant un terrible effort pour parler.

À ce moment, Max, qui était revenu de son match, est arrivé avec un verre de Coca dans chaque main et lui en a tendu un.

– Tiens, ça va te faire du bien.

Elle a accepté et oui, Max avait raison, tout à coup elle allait beaucoup mieux. Elle s'est détendue et elle a commencé à rire avec nous.

On a joué la revanche avec Max à la place de Perrine. Elle préférait nous regarder plutôt que participer, je n'ai pas insisté. Elle nous soutenait, peut-être parce que c'était mon anniversaire.

Ce coup-là, on a écrabouillé l'équipe adverse en dix minutes. Puis on est rentrés à l'intérieur.

– Bravo, m'a-t-elle lancé à la fin alors qu'on était encore essoufflés d'avoir tant couru. Tu vois, sans moi, vous êtes sûrs de gagner.

– C'est surtout grâce à Max. Il fait du foot trois fois par semaine.

– Ah bon ? Au stade ?

– Pourquoi, tu y vas ?

– Non, non.

Elle m'a regardée comme si l'information que je lui donnais était de la plus haute importance. Elle a souvent cet air quand elle parle sérieusement avec quelqu'un, alors je n'ai pas fait attention. Mais je trouvais Perrine drôlement intéressée par Max. Est-ce qu'elle n'était pas un peu amoureuse par hasard ?

J'attendais que circule la bouteille d'eau qui était dans les mains d'Octave quand soudain, en la passant à Manon, il a appuyé dessus pour faire gicler de l'eau.

– Arrête, c'est pas drôle ! s'est-elle défendue en trouvant ça quand même plutôt rigolo.

Elle a pris la bouteille, a fait semblant de boire tranquillement et, au moment où Octave ne s'y attendait plus, elle lui a envoyé de l'eau à la figure. Mais c'est Dylan qui a tout reçu sur son sweat.

– Tu vas le payer cher! s'est-il écrié.

Il s'est précipité sur une autre bouteille pour se venger. Manon s'est cachée derrière moi en hurlant.

– Au secours! Défends-moi Sixtine!

On s'est sauvées dans le jardin et Octave nous a poursuivies. Évidemment, la bouteille était pour moi. J'ai eu le tee-shirt trempé. On a rempli l'arrosoir au robinet du jardin. Maman a fermé la porte de la maison et mon anniversaire s'est terminé en bataille d'eau générale. Si Clara avait été là, elle nous aurait pris pour des fous.

Le choix de Clara

J'ai réfléchi tout mon dimanche à la formule de remerciement que j'adresserais à Clara pour son cadeau. Le genre décontracté : « Super cool, ton cadeau samedi ! ». Pas vraiment le style de Clara.

Plutôt le genre ultra-sérieux, les yeux dans les yeux, comme si l'avenir diplomatique du pays était entre mes mains ? « Tous mes remerciements pour ce présent formidable. » Pas très naturel.

Ou alors le genre faussement étourdi : « Au fait, ton cadeau, génial ». Pas crédible.

Le style fille sincèrement émue : « Clara, je tenais à te dire que ton coffret à bijoux m'a bouleversée, je m'endors chaque nuit en l'admirant ». Un peu trop, non ?

Alors ne rien dire ? Ce ne serait pas sympa. Allez, il suffisait de la regarder dans les yeux pour avoir l'inspiration et le ton juste.

Lundi matin, quand je suis arrivée au collège, Clara était seule dans la cour. J'ai pris mon courage à deux mains et je me suis approchée d'elle. Mais elle m'a devancée :

– Il paraît que c'était très bien ton anniversaire ! s'est-elle exclamée.

– Ah oui, qui t'a dit ça ?

– Perrine. Vous avez fait une balle aux prisonniers, c'est ça ? J'aurais aimé être là !

Et moi donc ! Perrine n'était pas encore arrivée au collège, ce qui voulait dire qu'elles s'étaient téléphoné entretemps, le dimanche peut-être ou dès le samedi soir. Décidément, elles étaient très amies. Je ne savais plus comment poursuivre la conversation. C'est elle qui a dit :

– Ce n'est pas grave… la prochaine fois !

– Dans un an alors !

Elle a souri et j'ai rejoint Manon qui arrivait. C'est une fois en cours que je me suis aperçue qu'avec toutes ces émotions, j'avais oublié de remercier Clara ! Je me suis tournée vers elle :

– Merci pour ton cadeau.

Elle m'a lancé un coup d'œil pour me faire comprendre qu'elle avait entendu. Mme Roux était à son bureau et Clara, son stylo à la main, attendait qu'elle commence son cours. J'aurais bien aimé qu'on soit plus proches mais je ne voulais pas brusquer les choses. Il fallait que tout se fasse le plus naturellement possible. Mon heure ne tarderait pas à venir, j'en étais persuadée. Oui mais quand exactement ?

La veille des vacances de Noël, la dernière heure de français était consacrée à l'organisation des exposés avec la liste des livres qu'on pouvait choisir et les consignes. Clara Parker a levé le doigt la première pour *Vipère au poing* d'Hervé Bazin. La prof a noté son choix, la date de l'exposé, et lui a demandé si elle souhaitait le présenter avec quelqu'un.

Clara a réfléchi un quart de seconde. Elle m'a regardée avec insistance. Je n'ai pas compris pourquoi et je n'ai eu aucune réaction jusqu'à ce qu'elle déclare d'une voix claire :

– Avec Sixtine.

Moi ? Elle voulait faire son exposé avec moi ? J'ai cru que j'allais tomber de ma chaise. Je me suis agrippée à la table, je suis devenue blême et ma gorge s'est nouée.

– Alors c'est d'accord pour le 8 janvier ? a répété Mme Roux.

J'ai hoché la tête et j'ai murmuré :

– Oui, c'est très… très d'accord.

– Ça vous intéresse, Sixtine, *Vipère au poing* ? a ajouté Mme Roux.

– Oui… oui, j'ai bafouillé.

Clara aurait pu choisir n'importe quoi, j'aurais bafouillé la même chose. Elle aurait pu prendre le pire livre, par exemple *Le Lion* de Kessel, je l'aurais suivie les yeux fermés tellement j'étais contente.

J'ai à peine eu le temps de me remettre de mes émotions que Manon m'a sauté dessus.

– Tu aurais pu me prévenir que tu faisais ton exposé avec Clara !

– Mais je ne savais pas, c'est elle qui...

Manon ne m'a pas laissé finir.

– Tu la préfères parce qu'elle a des bonnes notes ?

– Alors là, pas du tout !

– Si si, je sais.

– Non, ce n'est pas ça, vraiment...

– De toute façon, ça m'arrange, je voulais prendre Agatha Christie.

– Tant mieux alors. Propose à Perrine, elle est toute seule.

– Eh bien qu'elle y reste. Je ne suis pas la SPA.

Et elle s'est penchée pour inviter Octave à se joindre à elle. Je ne comprends pas pourquoi elle a choisi le garçon le plus énervant alors qu'il y avait au moins vingt élèves disponibles.

À la fin du cours, comme on rangeait nos affaires, je me suis approchée de Manon :

– Je ne t'abandonne pas, tu sais ! C'est juste pour un exposé.

– Si si, tu m'abandonnes lâchement. Je suis très vexée. Je ne sais pas si je vais t'offrir un chewing-gum.

Elle m'a souri. J'étais soulagée. Manon ne m'en voulait pas. Elle avait seulement envie de me faire marcher. Mais qu'est-ce qui prenait tout à coup à Clara de me choisir pour l'exposé ? Avait-elle enfin compris que je ferais une meilleure copine que Perrine ?

Octave s'est retourné en tapotant sa règle avant de la ranger dans son sac et il s'est exclamé :

– Alors, tu fais ton exposé avec Clara Parker ? T'as intérêt à assurer, sinon elle va te trucider !

Je me suis tournée vers Manon :

– Et toi, tu vas réussir à finir l'exposé avec lui avant de le trucider ?

Elle a souri en le regardant puis elle m'a rétorqué avec un clin d'œil :

– Je commencerais bien maintenant !

Et elle lui a couru après dans le couloir.

À la fin du cours, Clara m'a fixé un rendez-vous chez elle le samedi avant la rentrée pour préparer l'exposé. Elle a inscrit son adresse sur le répertoire de mon agenda à la page P, et elle m'a expliqué comment venir chez elle.

Je n'avais pas besoin de ses explications, je connaissais déjà son adresse, son numéro de téléphone et le quartier où se trouve son immeuble. J'avais toutes les informations nécessaires sans qu'elle le sache. Je savais où elle habitait, j'ai cherché son adresse sur Internet : la rue Pierre-et-Marie-Curie, une rue perpendiculaire à la rue principale, du côté de la salle des fêtes, dans la cité des Peupliers.

Le choc quand j'ai vu ça ! Elle, Clara Parker, habitait dans le quartier le plus mal fréquenté de la ville ! Je n'y suis jamais passée de peur de la croiser. Et puis mes parents n'aiment pas qu'on s'y promène, il y a des bandes qui traînent.

Ce qui m'a le plus étonnée, c'est l'attitude de Perrine. Elle avait l'air de trouver normal que Clara fasse l'exposé avec moi et pas avec elle. Il y avait deux explications possibles :

ou Clara l'avait prévenue, ou Perrine était complètement stupide et ne comprenait rien à ce qui arrivait.

J'ai eu beau chercher pourquoi Clara m'avait choisie pour l'exposé, je n'avais pas d'explications satisfaisantes : parce que je me débrouillais pas trop mal en français, mieux que Perrine en tout cas, parce qu'elle avait envie de changer de copine, ou encore parce qu'elle avait été touchée par mon invitation à mon anniversaire et avait regretté de ne pas pouvoir venir ?

Patience... j'en saurais sûrement plus à la fin des vacances. Je comptais bien lui poser toutes les questions qui me brûlaient les lèvres. Travailler, un peu. Discuter, beaucoup. Et tout savoir l'une de l'autre. Absolument tout.

Gaga, le manga man

Ce dernier jour de cours, avant la cantine, j'ai décidé de parler de Clara à Manon car elle n'avait pas l'air de voir toutes ses qualités. Et puis ce n'était pas honnête de ma part de faire croire à Manon qu'elle allait rester ma meilleure copine. Je préférais le lui dire avant qu'elle l'apprenne par quelqu'un d'autre. Sans doute Clara attendait-elle ce geste de ma part pour oser franchement venir vers moi. En entrant au self, j'ai lancé à Manon :

– Elle a de la chance Clara.

– Pourquoi ?

– Elle a tout pour elle. Elle est belle, intelligente, et sympa en plus.

– Tu la trouves sympa toi ?

J'étais surprise qu'elle ne soit pas d'accord avec moi sur ce point. Comment pouvait-on penser que Clara n'était pas sympa ? On a pris un plateau et du pain.

– Moi je la trouve froide comme un bloc de glace, a repris Manon. Elle ne nous adresse jamais la parole, on a l'impression d'être invisible quand on passe à côté d'elle. Si c'est ça que tu appelles sympa, pas moi !

– Elle est timide.

– Alors elle n'a pas toutes les qualités ! s'est exclamée Manon en prenant son assiette de purée.

Évidemment, Manon lui reprocherait toujours un défaut ou un autre. J'ai ajouté, comme si j'avais inventé la réplique du siècle :

– Chez elle, même la timidité est une qualité, c'est là où elle est très forte.

Manon m'a regardée, les yeux écarquillés, et elle a lancé :

– Clara Parker par-ci, Clara Parker par-là, tu ne parles que d'elle... Elle t'a ensorcelée ou quoi ?

– T'es folle !

Je n'avais rien d'autre à dire pour ma défense tellement j'étais désemparée. Tout ce que je voulais, c'est qu'entre Clara et moi naisse une amitié forte, indestructible, mais Manon ne pouvait pas le comprendre.

Résultat : on ne s'est pas dit un mot de tout le repas et elle a refusé mon yaourt aux fruits. J'étais ennuyée qu'elle le prenne si mal. Finalement, c'était peut-être mieux ainsi. Maintenant elle savait que Clara était tout pour moi, dans trois jours elle aurait oublié notre conversation et tout recommencerait comme avant, Manon n'est pas rancunière.

L'après-midi, la prof d'EPS était absente, on est donc sortis une heure plus tôt. Quand je suis arrivée à la maison, Max jouait sur l'ordinateur à Warcraft. En général, quand il gagne il saute au plafond, et quand il perd il serre les dents en marmonnant des insultes. Là, il était affalé sur la chaise, il fixait l'écran d'un air absent et regardait fondre son score sans pousser ses cris d'animal sauvage.

À peine avais-je franchi le seuil du salon qu'il s'est précipité sur une enveloppe mauve posée à côté de lui, l'a cachée avec son avant-bras et l'a glissée sous le tapis de la souris. Il s'imaginait que je n'avais rien remarqué ! Max avait une petite copine ! Parce qu'il n'y avait qu'une fille pour envoyer une enveloppe de cette couleur. Une fille amoureuse… hum hum… Et Max était amoureux lui aussi, sans ça il n'aurait pas tenté de dissimuler la lettre si nerveusement.

J'ai pris mon goûter, l'air de rien, et je me suis installée à la meilleure place à la table de la cuisine. De là, on voit tout ce qui se passe dans le salon.

Max a éteint l'ordinateur et mis l'enveloppe dans la poche arrière de son jean. Au moment où il allait monter dans sa chambre, il a raté la première marche de l'escalier. Je n'ai pas pu m'empêcher d'éclater de rire quand je l'ai entendu maugréer des injures.

Le scoop ! Je savais qu'Alex avait une petite copine depuis la rentrée, mais j'ignorais que Max en avait une également, lui qui ne s'intéresse qu'aux jeux vidéo, à sa collection de mangas, au foot et à ses copains.

À l'étage, Max lisait son manga préféré *Naruto*. Il était tellement dans la lune qu'il ne m'a pas envoyée promener quand je suis montée lui demander s'il avait le livre d'Hervé Bazin.

– Hervé Bazin, Hervé Bazin… ça me dit quelque chose, a-t-il répondu.

D'habitude il m'aurait rétorqué :

– Tu vas le chercher à la bibliothèque ou tu te l'achètes, celui-là c'est le mien.

Et papa ou maman seraient intervenus pour le contraindre de me le prêter parce qu'il faut être généreux dans la vie.

Max a cherché *Vipère au poing* pendant au moins dix minutes avant de le retrouver tout corné derrière une pile de CD. Comme il avait l'air de bonne humeur, j'en ai profité pour commencer ma petite enquête.

– C'est quoi cette lettre ? ai-je demandé.

Il a regardé son jean et il s'est rendu compte que l'enveloppe mauve dépassait largement de sa poche.

– Ça ? Euh… C'est une invitation, a-t-il bredouillé.

– Une invitation à quoi ? À passer un après-midi au square peut-être ?

– À… euh… un anniversaire. Bon, écoute Sixtine, j'aimerais bien travailler si ça ne te dérange pas. J'ai un contrôle demain.

– Ah d'accord !

D'habitude il n'aurait pas pris de gants. Il m'aurait dit de dégager directement. Il s'est assis à son bureau, a plongé la tête dans son livre de SVT et a commencé à lire.

– Travaille bien ! ai-je lancé en sortant de sa chambre.

– Merci, Sixtine !

Décidément, Max était très perturbé. Il n'avait même pas remarqué que son livre de SVT était à l'envers. Et il me remerciait en plus !

Une vipère dans la chambre

Deux semaines de vacances pour lire le roman d'Hervé Bazin, ce n'était pas trop. Quand je dis deux semaines… Exactement deux semaines moins une semaine de vacances chez ma cousine, moins un jour au parc Astérix, moins deux jours de peinture dans ma chambre, moins une après-midi de piscine avec ma voisine. En fait, il ne me restait plus que le vendredi pour lire *Vipère au poing*. Les autres devoirs attendraient dimanche.

J'ai commencé le vendredi matin, j'ai relu les quinze premières pages que j'avais lues au début des vacances parce que j'avais tout oublié. J'ai lu jusqu'au soir, j'ai lu pendant la nuit, j'ai lu encore le samedi matin.

– Tu aurais pu t'organiser, a commenté maman. C'est ça le but de la sixième : apprendre à planifier son travail.

En tout cas, elle, elle avait planifié mes vacances sans me laisser de temps pour faire mes devoirs. Sans doute parce qu'elle s'était tellement ennuyée dans sa jeunesse ! Et je ne pouvais pas protester parce que, selon elle, j'avais une chance incroyable.

J'ai préparé mes affaires pour aller chez Clara et juste avant de partir, j'ai posé quelques questions à Max :

– Tu dirais quoi pour le genre de l'œuvre ?

– J'en sais rien.

– Tu as fait des recherches sur la vie de l'auteur ?

– Je ne m'en souviens pas. Et puis franchement, pose ces questions à quelqu'un qui a aimé le bouquin, moi je n'ai pas réussi à aller jusqu'au bout.

Max aurait pu me passer la correction de sa fiche de lecture mais il avait dû avoir une trop mauvaise note !

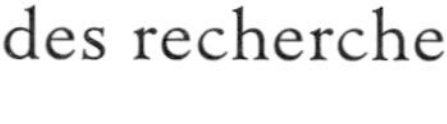

J'avais rendez-vous chez Clara à 14 heures. À 13 h 43, j'étais arrivée rue Pierre-et-Marie-Curie.

Le bâtiment B du n° 58 était un grand immeuble de couleur saumon avec les portes turquoise. Comment une fille comme Clara Parker pouvait-elle habiter dans une cité pareille ?

J'aurais plutôt imaginé pour elle une immense maison neuve avec de la pelouse verte tondue à ras, une grille très haute et un interphone. Attention, on ne rentre pas comme ça chez la super-boss de la sixième 3 !

Il était trop tôt pour sonner. 13 h 43 ce n'est pas 14 heures et même si je montais par l'escalier j'arriverais en avance. J'ai fait le tour du pâté de maisons en rêvant à l'après-midi fabuleux qui m'attendait. Dans quelques minutes, j'allais vivre le début d'une grande rencontre.

Dans dix ans, quand on aura toutes les deux notre petit copain et notre studio, on se souviendra de cet exposé d'Hervé Bazin qui aura marqué le début de notre amitié. Je reverrai comme aujourd'hui cette rue

Pierre-et-Marie-Curie, je ressentirai exactement comme aujourd'hui cette sensation de légèreté, j'entendrai le chant des oiseaux (mais peut-être chantaient-ils seulement dans ma tête ?) et je m'étonnerai qu'il ait fait si beau un 3 janvier (mais le soleil était sans doute plus fort encore dans mon cœur).

J'ai imaginé tant de choses que j'ai failli oublier l'heure. Quand je suis en avance, je finis toujours par être en retard à force de prendre mon temps pour être à l'heure. J'ai dû courir jusqu'à l'immeuble de Clara.

À 14 heures pile, tout essoufflée, j'ai frappé à la porte puisque la sonnette pendouillait à un fil. Quelqu'un qui devait être la mère de Clara Parker m'a ouvert. Elle avait un chiffon à poussière à la main.

– Bonjour, c'est Sixtine, je viens…

– Entre vite, il fait froid dehors. Attention ! Tes chaussures !

J'ai retiré mes baskets.

– Je les laisse sur le palier ? ai-je demandé.

– Non, range-les dans ce placard. Tiens, mets ça.

Elle m'a donné une paire de chaussons qui appartenaient à Clara. Tout de suite, je me suis sentie bien dedans.

– Elle est dans sa chambre, a-t-elle déclaré en retournant dans le séjour.

J'ai traversé le couloir et j'ai poussé la porte qu'elle m'avait indiquée. J'avais l'impression d'être une actrice dans un film. Je voyais tous mes gestes de l'extérieur. Je souhaitais ne rien oublier de cet instant magique.

Après le couloir sombre, la chambre m'a éblouie. Le soleil entrait par la fenêtre comme un projecteur et éclairait Clara qui était plus belle que jamais. Elle se tenait debout face à une étagère où était posée une petite glace et elle brossait ses cheveux lisses. Je ne l'avais jamais vue ainsi, les cheveux libres et de grands anneaux aux oreilles. Elle m'a aperçue et elle est venue à ma rencontre.

– Ah Sixtine ! Tu as trouvé facilement ?

– Aucun problème.

J'avais à peine mis un pied dans sa chambre que je l'ai tout de suite adorée. Elle avait une mezzanine, une étagère impeccablement rangée, un tout petit bureau et un piano. Tout était rose et blanc, les rideaux, la couette, la lampe de chevet.

– Entre, on t'attendait !

Comment ça « on » ? J'ai regardé sous la mezzanine. Horreur, Perrine était là aussi ! Elle s'est levée du fauteuil, m'a dit bonjour avec un petit sourire timide et elle est partie donner un coup de fil à ses parents pour rester plus longtemps. Jamais je n'arriverais à être avec Clara en tête-à-tête, jamais, jamais ! J'avais envie de pleurer. Le soleil s'est caché derrière un nuage et la chambre s'est assombrie.

– J'ai commencé à réfléchir à notre exposé, m'a lancé Clara en s'installant sur la chaise à roulettes.

Je n'ai pas posé mes affaires et je ne me suis pas assise sur le tabouret du piano à côté d'elle.

Avant de travailler, j'ai tenu à mettre les choses au point. J'ai demandé quelques explications :

– On fait l'exposé avec Perrine finalement ?

– Mais non, on le fait toutes les deux.

– Alors pourquoi…

Je n'ai pas eu le temps de finir ma question. Perrine est arrivée à cet instant. Elle s'est assise dans le fauteuil et nous a regardées en silence. Si j'avais eu du courage, je lui aurais dit : « Tu peux nous laisser une heure s'il te plaît Perrine ? On se retrouvera après. Je n'arrive pas à me concentrer quand il y a trop de monde autour de moi. » Mais je n'ai pas osé.

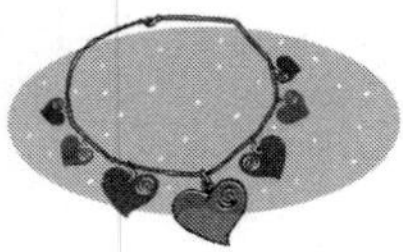

Clara a sorti deux feuilles doubles d'une pochette en plastique. Ce n'était pas un brouillon, c'était un exposé très propre, entièrement rédigé par elle.

– On ne devait pas l'écrire ensemble ? ai-je demandé, interloquée.

– Mais on va l'écrire ensemble, a-t-elle répondu. Ce n'est qu'un brouillon. J'attends tes remarques et tes suggestions.

J'aimerais faire des brouillons aussi propres. J'ai commencé à lire ses notes. J'osais à peine toucher aux feuilles. Pour les tourner, je les prenais par le bord, du bout des doigts, comme si c'était le parchemin sur lequel Homère avait écrit *L'Iliade* et *L'Odyssée*.

J'ai lu en faisant un effort surhumain pour me concentrer. Je commençais à paniquer car je ne trouvais pas de remarques ni de suggestions à faire. C'était parfait. Et moi qui n'avais rien préparé ! Je pensais qu'on travaillerait ensemble.

Je me suis sentie mal. J'avais la tête qui tournait. J'avais trop chaud dans les chaussons de Clara.

– On peut ouvrir la fenêtre ? ai-je demandé.

– J'ai froid, a répliqué Perrine en se frottant les mains alors qu'elle portait un gros pull en laine.

Je ne comprenais pas cette fille : elle avait froid tandis que moi j'étais en tee-shirt. Je lui ai lancé un regard noir. Elle n'a pas dû comprendre pourquoi, tout à coup, je n'étais plus gentille avec elle.

Il fallait que je trouve une remarque sur le travail de Clara, juste une. Perrine ne devait pas penser que je profitais de l'intelligence de Clara pour avoir une bonne note sans me fatiguer.

– On pourrait aussi lire un passage qu'on a aimé, ai-je suggéré.

J'avais emprunté cette idée à Max. Lui et son copain faisaient comme ça pour leurs exposés.

Clara a réfléchi un instant. Je ne savais pas si cette idée était aussi géniale que ça finalement.

– Excellente suggestion, a-t-elle déclaré d'un ton calme. Choisis le passage que tu préfères et quand on se revoit lundi au collège on en reparle.

J'étais chez elle depuis à peine dix minutes et je devais déjà la quitter ! J'ai eu soudain les larmes aux yeux. Je lui ai redonné la feuille de l'exposé mais elle m'a répondu :

– Garde-la, j'en ai deux.

Je suis repartie en tee-shirt avec mon pull et mon blouson sous le bras. Je me suis regardée dans le miroir de l'ascenseur et j'ai vu une larme couler sur ma joue sans que je la sente. C'était plus de la rage que de la tristesse. Je devais me résoudre, une nouvelle fois, à remettre à plus tard notre grande et belle rencontre d'amitié. Et à cause de Perrine ! Si seulement Clara se décidait à se débarrasser de ce boulet. Je l'aiderais, rien de plus facile. Mais il fallait qu'elle me le demande.

Une fois dehors, j'ai remis mon pull et mon blouson et je suis rentrée chez moi en marchant à toute allure tellement j'étais énervée. J'ai décidé de ne plus rechercher l'amitié de Clara, de ne plus accepter d'invitation de sa part. Et si elle me refaisait le coup de me choisir pour un exposé sans me consulter, je refuserais catégoriquement, devant tout le monde, sans me gêner. Il faut être deux en amitié, non ?

En arrivant dans ma chambre, je me suis assise sur mon lit et mes yeux sont tombés sur le coffret de Clara. Pourquoi m'aurait-elle fait ce cadeau si elle ne m'aimait pas ?

Je l'ai ouvert et je me suis observée dans le miroir. J'étais peut-être trop pressée. Elle avait certainement besoin de temps pour avoir vraiment confiance en moi. Qu'est-ce que j'avais espéré ? Qu'on se confierait nos secrets la première fois où j'allais chez elle ? Qu'on dirait du mal de Perrine dans son dos ? Pfff ! Je ne savais plus sur quel pied danser. Mais je sentais qu'il fallait y aller en douceur. Ne pas la brusquer. Clara est peut-être super rapide dans le travail mais elle est hyper lente pour donner sa confiance. Patience.

Pour l'instant il fallait que je me concentre afin de donner le meilleur de moi-même le 8 janvier, jour de l'exposé.

Miss stress

Le 7 janvier au soir, j'ai cru que j'avais une gastro. Mon ventre se tordait dans tous les sens. Je n'arrivais pas à dormir. J'étais prête à renoncer à l'exposé. J'ai allumé ma lampe de chevet pour relire une dernière fois les passages entre crochets. Maman a ouvert la porte et je lui ai dit que j'étais malade mais elle a insisté pour que j'aille en cours :

– C'est reculer pour mieux sauter ! s'est-elle exclamée. De toute façon Clara ne fera pas l'exposé toute seule. Mme Roux le déplacera et vous passerez la semaine prochaine.

Il ne servait donc à rien d'être malade ce jour-là. Maman m'a donné un verre d'eau, elle s'est assise sur mon lit et elle a ajouté d'une voix douce :

– C’est normal, ce n’est pas facile de parler devant tout le monde. Mais pense à la chance que tu as. Quand j’avais ton âge, on ne nous apprenait pas à nous exprimer en public, et aujourd’hui ça me manque dans mon travail.

Avec maman, il faut tout voir du bon côté, c’est tellement merveilleux notre vie comparée à son époque !

– Et puis, tout va bien se passer puisque tu fais ton exposé avec Clara !

Elle avait raison, j’avais de la chance d’être avec Clara. C’était la garantie d’une bonne note. J’ai fermé mon livre et je l’ai rangé dans mon sac. Maman a éteint la lumière et je me suis endormie plus sereine.

On a eu 18 à notre exposé. Les deux points en moins c’est à cause de moi, car j’ai bafouillé pendant la lecture. Clara ne m’en a pas voulu parce que quand j’ai relevé la tête avec une grimace pour m’excuser, elle m’a adressé un gentil sourire. Pourtant je m’étais entraînée à lire mais l’émotion a été la plus forte.

– Tu as de la chance d'avoir eu 18, m'a murmuré Manon quand je suis retournée à ma place les jambes tremblantes, ça va faire monter ta moyenne !

– Il n'y a pas que la note qui compte.

– Tu l'as mérité, ne fais pas de complexes. Prends ton 18 !

Elle était drôlement sympa Manon. Elle m'encourageait à voir le côté positif des choses et elle n'était absolument pas jalouse. Elle aurait pu être envieuse et m'en vouloir, au contraire elle était contente de ma réussite.

En réalité, je me moquais complètement de ma moyenne. J'avais la désagréable impression de ne pas avoir eu 18 mais d'avoir eu les deux points en moins. Et ça, Manon ne pouvait pas le comprendre.

Après cet épisode, Clara est devenue très distante avec moi. Elle ne me parlait plus. M'en voulait-elle parce que j'avais bafouillé ? En tout cas, elle restait avec Perrine et moi avec Manon. Ma copine semblait soulagée de voir que mon histoire d'amitié avec Clara n'avançait pas. Elle n'en parlait pas mais je savais ce qu'elle pensait : « Tu vois, heureusement que je suis là dans les moments difficiles. Ce que tu ressentais pour Clara repose sur du vent. Tu t'es fait un film. Maintenant il faut atterrir. »

Et puis la semaine suivante au CDI, alors que j'étais seule, Clara s'est approchée de moi et m'a chuchoté à l'oreille :

– On peut se voir demain ?

– De… demain ? Oui bien sûr, je… euh…

– Je peux venir chez toi ?

Je n'aurais jamais osé lui proposer ! Elle pouvait même venir aujourd'hui si elle voulait ! Non, demain ce serait mieux, j'avais la soirée pour ranger ma chambre.

Maman dit souvent que si elle avait eu une chambre aussi mal rangée que la mienne quand elle avait mon âge, sa mère aurait tout mis à la poubelle. Ce n'est pas ma faute si j'ai trop d'affaires et pas assez de tiroirs. Et puis chacun sa conception de l'ordre. Je retrouve mieux mes affaires dans mon bazar que dans une chambre bien rangée. Mais pour la venue de Clara, j'étais prête à faire un gros effort. Même si, c'est sûr, ma chambre ne deviendrait jamais parfaite comme la sienne. Je n'aurais jamais le temps de coller un beau papier peint rose au mur et j'allais être obligée de laisser mes posters de dauphins et de chanteurs. Si je les enlevais, on verrait les trous des punaises !

Dans ma chambre, il y a des dizaines d'objets qui n'ont pas de place et mon placard n'est pas assez grand pour tout contenir. Il faudrait que je le vide entièrement et que je fasse un tri pour m'en sortir. Maman serait contente, elle n'arrête pas de dire :

– Range ta chambre, Sixtine, fais le tri !

À peine rentrée à la maison, je me suis précipitée dans ma chambre. Par où commencer ? Le bureau ? Le placard ? Les vêtements qui traînaient par terre ? Clara aurait fait un programme de rangement. Moi j'ai commencé par vider toutes les étagères du placard sur mon lit. J'ai retrouvé des trucs que j'avais complètement oubliés comme ma collection de gommes, mon stylo rose fluo que je cherchais partout. Moi qui croyais que c'était Manon qui me l'avait piqué ! J'ai mis de côté les dernières affaires de mes Barbie qui n'étaient pas parties au grenier avec les autres.

– Tiens, c'est le grand rangement de la nouvelle année ! s'est exclamé papa.

Le méga nettoyage de la décennie, oui ! Je n'avais jamais fait ça de ma vie. Mais, bizarrement, il y avait plus de bazar qu'avant. Je tenais par-dessus tout à ce que mon placard soit impeccable. Et si Clara l'ouvrait ?

Je voulais qu'elle se dise en entrant dans ma chambre : « Sixtine est comme moi, on est faites pour s'entendre. » J'ai rangé scrupuleusement les deux premières étagères. Ça m'a pris deux heures.

Quand j'ai vu tout ce qui restait et l'heure qu'il était, j'ai été plus rapide pour les étagères suivantes. Lorsque maman m'a appelée pour manger, j'ai glissé tout ce qui restait en vrac sous mon lit. Clara n'irait jamais voir en dessous.

L'effet Star Max

Clara Parker est finalement venue à la maison vendredi après-midi parce qu'on finissait à 15 heures. J'ai dit à Manon qu'elle passait juste récupérer l'exposé. Je n'avais pas envie de réentendre son discours au sujet de mes sentiments pour Clara.

Clara n'a pas fait de remarque sur ma chambre qui n'avait jamais été aussi bien rangée. Évidemment, elle ne savait pas dans quel état elle était avant qu'elle arrive.

Elle est d'abord restée sur le seuil de la porte comme si ma chambre était une salle de musée interdite aux visiteurs. Elle a balayé la pièce d'un coup d'œil et ses yeux sont tombés sur les affaires de Barbie.

J'avais eu l'intention de les monter au grenier mais l'idée m'était sortie de la tête et le tas était resté sur la commode. Clara s'est exclamée :

– Tiens, tu joues encore à la Barbie !

– Pas du tout, je les garde pour ma petite cousine quand elle vient, ai-je répondu en rougissant.

Elle a avancé d'un pas dans ma chambre et en a fait le tour très lentement, en examinant chaque objet minutieusement.

J'ai eu très peur au moment où elle s'est baissée pour prendre mon journal qui était au pied de ma table de nuit. Je lui ai raconté n'importe quoi pour que ses yeux ne se promènent pas sous le lit. Heureusement, elle n'a pas remarqué le bazar que j'avais rangé dessous.

Elle a effleuré le coffret à bijoux qu'elle m'avait offert pour mon anniversaire. Il était un peu trop caché par la lampe de chevet, j'aurais dû penser à le mettre plus en valeur.

– Je peux visiter le reste de la maison ? a-t-elle demandé.

– Bien sûr !

J'aurais dû vérifier que tout soit rangé partout. Évidemment, les chambres de mes frères étaient en désordre mais elle les a trouvées très sympas et elle est restée longtemps à les observer. Je crois que c'est dur pour Clara d'être fille unique et qu'elle aurait bien aimé avoir des frères et sœurs.

Après cette visite guidée, on s'est assises dans le canapé pour regarder le film préféré de Max, *Star Wars* III. Certaines scènes faisaient un peu peur mais sans plus.

On était tranquillement installées avec du Coca et un paquet de barquettes à la framboise, mes gâteaux préférés. Clara finissait de grignoter sa première barquette alors que j'en étais à ma septième. Soudain j'ai entendu une clef dans la serrure.

C'était Max, j'ai reconnu le bruit de son trousseau parce qu'il y a accroché au moins dix porte-clefs. Il a envoyé un grand coup de pied dans la porte du salon pour l'ouvrir, maman aurait été furieuse.

Il a imité la voix de Darth Vador et il a hurlé :

– Rejoins le côté obscur de la force !

Clara s'est retournée d'un bond, les yeux écarquillés. Elle a mis sa main devant la bouche pour étouffer un cri et s'est écroulée sur le canapé comme une guimauve.

– Clara ! me suis-je écriée. Clara !

– Qu'est-ce qu'elle a ? a demandé Max.

Elle ne bougeait pas, ses yeux étaient fermés, ses bras tout mous.

– Tu lui as fait peur, espèce d'imbécile ! Va chercher un gant mouillé, dépêche-toi.

Il est monté quatre à quatre à la salle de bains. J'étais paniquée. Qu'est-ce qui lui arrivait ? Tout se déroulait si bien et il avait fallu que cet imbécile de Max la terrorise ! Je n'avais jamais vu quelqu'un dans cet état. Clara avait perdu connaissance et j'avais beau la secouer, lui parler, elle restait inerte. Je l'ai étendue sur le canapé. Max est redescendu avec un gant de toilette et me l'a donné pour que je le pose sur son front.

– Clara, Clara ! ai-je murmuré. Réveille-toi ! Ce n'est rien, c'est mon frère.

– Oh oh ! Y a quelqu'un ? a crié Max.

Il avait l'air ennuyé. Il a fini par s'asseoir sur le canapé à côté d'elle et lui a fait de l'air avec le programme télé en lui tapotant la main du bout des doigts.

– Ça lui arrive souvent ? a-t-il demandé.

– Aucune idée. Il faut appeler un médecin, les pompiers, je ne sais pas, prévenir les voisins.

J'ai tendu le gant à Max et je lui ai dit :

– Occupe-toi d'elle, je vais téléphoner à maman.

– Tu crois vraiment que c'est nécessaire ?

Il a quand même pris le gant et l'a appuyé mollement sur le front de Clara.

J'ai composé le numéro de maman au bureau et je lui ai raconté l'évanouissement de Clara. Elle m'a posé un milliard de questions :

– Elle n'est pas diabétique ? Elle ne fait pas des crises de tétanie ? Elle n'est pas anorexique ? Elle a mangé à la cantine ? Elle ne prend pas de médicaments ?

Pendant ce temps, Max parlait doucement à Clara et rafraîchissait son visage avec des gestes délicats. Tout à coup, elle a murmuré en ouvrant les yeux :

– Qu'est-ce qui m'est arrivé ?

– Elle s'est réveillée, elle s'est réveillée ! a hurlé Max, soulagé.

Pressée de raccrocher, j'ai rassuré maman en quelques mots. Pas question de laisser Clara trop longtemps seule avec Max, au cas où elle ne se sente pas à l'aise en face d'inconnus.

Maman a déclaré qu'elle préférait rentrer à la maison pour s'assurer de la situation et raccompagner Clara chez elle.

« Elle va bien », répétait Max mais moi j'avais peur qu'elle n'aille pas si bien que ça.

Quand je suis entrée dans le salon, j'ai vu tout de suite qu'elle n'était plus la même. Elle buvait en tenant des deux mains un verre d'eau que Max lui avait apporté. Elle avait des gestes lents et maladroits. Son regard était plongé dans le vague.

Je crois que Max a eu la frousse de sa vie. Il était agenouillé à côté d'elle. Et ses jambes tremblaient.

Lui aussi m'a paru bizarre. Il semblait guetter la moindre réaction de Clara et attendait qu'elle bouge un cil pour lui proposer je ne sais quoi : un coussin, un morceau de sucre, son pull…

J'ai eu des remords à entrer dans la pièce : j'avais l'impression de rompre un moment d'intimité, je les trouvais beaux tous les deux l'un près de l'autre. Ils ne parlaient pas mais se disaient beaucoup de choses.

Clara a levé les yeux sur moi, l'air étonnée de me voir. Soudain, j'ai eu un coup au cœur. Et si elle était devenue amnésique ? C'est possible après un choc, on peut perdre la mémoire, oublier qui on est.

– Clara ? ai-je chuchoté.

Elle a continué à me regarder fixement et n'a eu aucune réaction. Se souvenait-elle de moi ? Savait-elle au moins comment elle s'appelait ?

– Tu t'appelles Clara, tu te rappelles ? a ajouté mon frère.

– Clara Parker, ai-je articulé distinctement parce qu'elle semblait à des années-lumière de nous. On est en sixième dans la même classe. Je suis ton amie.

– Bon ça va, laisse-lui le temps d'atterrir ! s'est exclamé Max. Ce n'est pas la peine de faire ton cinéma !

Il s'est assis à côté d'elle et il a pris sa tête entre ses mains. Il se sentait vraiment mal d'avoir provoqué cette catastrophe.

Retour vers le présent

Clara avait un air toujours aussi absent au bout de dix minutes. Il fallait absolument la ramener sur Terre. Si elle ne récupérait pas la mémoire maintenant, elle n'y arriverait jamais.

– Tu me reconnais ? C'est moi Sixtine.

– Oui, Sixtine…

Elle a répété mon prénom d'une voix monocorde, comme si elle le prononçait pour la première fois.

– On est chez moi et Max t'a fait peur quand il est rentré, tu t'en souviens ?

Elle s'est tournée vers mon frère et a marmonné :

– Max ?

Il m'a lancé un coup d'œil inquiet avant de l'observer.

– Tout baigne, tu n'as rien de grave, a-t-il déclaré pour se rassurer lui-même. Je regrette, je ne pensais pas que tu étais si sensible.

Et il lui a pris la main délicatement comme si elle était en porcelaine. Clara a fermé les yeux. Était-ce parce qu'elle faisait un effort pour retrouver la mémoire ? Max a immédiatement retiré sa main.

– Je suis désolée, j'ai dû vous faire peur, a-t-elle murmuré en rouvrant les yeux.

On s'est regardés avec mon frère et on a soupiré de soulagement : Clara avait repris ses esprits.

– Non non, pas du tout, on a l'habitude des gens qui tombent dans les pommes, s'est gentiment moqué Max.

Clara a souri. Elle ne quittait pas du regard le verre vide qu'elle tenait à la main, elle l'examinait sous toutes les coutures, comme si elle voyait des choses intéressantes à l'intérieur. L'avenir peut-être ?

Pour moi, il n'était pas rose. Que dirait la mère de Clara en apprenant que sa fille avait eu un malaise à la maison ? Elle lui interdirait sûrement de revenir et même de me fréquenter.

– Maman sera là dans environ dix minutes, elle a demandé que tu l'attendes, elle te raccompagnera chez toi, ai-je murmuré d'une voix douce. Ça t'arrive souvent de t'évanouir comme ça ?

– C'est la première fois, je ne sais pas ce qui s'est passé.

– C'est peut-être moi qui t'ai fait cet effet ! a rigolé Max.

Clara a esquissé un sourire de politesse. J'ai trouvé la remarque de Max très déplacée. Non, vraiment ce n'était pas le moment de faire de l'humour. Clara était encore sous le choc. On n'est pas réceptif au second degré dans des moments pareils. Je l'ai rassurée :

– Mon frère n'est pas le dernier des prétentieux, il se croit irrésistible, mais bon on l'aime quand même.

Et puis j'ai dit à Max :

– Tu aurais pu t'abstenir d'entrer dans le salon comme ça !

– Comment comme ça ?

– Comme un fou. Tu te crois où ? Dans la guerre des étoiles ? Tu nous as fait une peur bleue ! Moi aussi j'ai failli tomber dans les pommes !

J'exagérais un peu. J'ai essayé de dédramatiser :

– J'ai deux grands frères, tu peux me plaindre, Clara. Si je devais tomber dans les pommes chaque fois qu'ils font une mauvaise blague, je serais évanouie 12 heures sur 24.

– Cela vaudrait peut-être mieux, a répliqué mon frère.

J'ai fait semblant de ne pas avoir entendu. Je n'avais aucune envie de répondre à ses provocations.

Clara souriait, le regard toujours rivé sur le verre.

– Tu te sens bien maintenant ? ai-je demandé.

– Très bien, a-t-elle répondu d'une voix qui semblait provenir d'une autre planète.

– Vraiment ?

– Vraiment.

Elle faisait tourner son index sur le rebord. Elle était plus pâle que jamais. Des mèches blondes sortaient de sa barrette pour descendre le long de son visage. Son pendentif brillait à la lumière. On aurait dit le modèle d'un peintre. Je crois que Max aussi la trouvait très belle. C'était la première fois que je le voyais rester près d'une fille aussi longtemps. D'habitude, il s'éclipse après trente secondes. Cela aurait été malvenu de sa part de ne pas réparer ses bêtises. C'était quand même sa faute si Clara s'était évanouie.

Maman est arrivée affolée, avec des tas de trucs dans les bras, son manteau, son sac à main, un sac en plastique, une chemise en carton, son téléphone portable.

– Comment va Clara ? m'a-t-elle demandé en jetant tout en vrac sur le meuble de l'entrée.

– Mieux. Elle a juste eu un malaise.

En voyant Max à côté de Clara, elle a eu un instant d'hésitation :

– C'est bien Clara de ta classe ? m'a-t-elle soufflé discrètement.

Puis elle est entrée dans le salon et elle s'est mise à parler à Clara sans s'arrêter :

– Qu'est-ce qui s'est passé exactement ? Tu te sens bien ? Je peux t'emmener aux urgences. Tu as prévenu tes parents ? Tu as mal à la tête ? Je te raccompagne chez toi ?

Clara s'est levée au ralenti. Je ne sais pas si elle avait vraiment envie de partir. Maman a foncé à la voiture et moi je suis allée chercher ses affaires dans l'entrée.

Quand je suis revenue au salon, j'ai vu Max et Clara se faire la bise pour se dire au revoir. Je me suis arrêtée sur le seuil de la porte. Ils prenaient tout leur temps, sans se soucier de ce qui se passait autour d'eux. Un coup de klaxon nous a fait sursauter. Maman nous attendait.

– On y va ? ai-je proposé.

Clara a pris son manteau et son écharpe mais ses affaires lui ont échappé des mains. Max s'est baissé aussitôt pour les ramasser.

– Désolée, je me sens encore un peu faible, a-t-elle murmuré d'une voix tremblante.

– Remets-toi vite de tes émotions ! a recommandé Max.

– Ça ne va pas être facile, a-t-elle répondu.

Ils ne se sont pas quitté des yeux jusqu'au moment où un deuxième coup de klaxon, plus vigoureux, les a interrompus. En sortant, Clara a trébuché sur la dernière marche du perron. Et en entrant dans la voiture, elle s'est cogné la tête.

Je me suis installée sur la banquette arrière. Maman s'est mise à conduire bizarrement en appuyant à fond sur l'accélérateur et en freinant brusquement.

Clara n'a pas arrêté de s'excuser :

– Je suis désolée, vous avez dû quitter votre travail plus tôt à cause de moi.

– C'est normal, a répondu maman, je suis responsable s'il arrive un incident à des amis de mes enfants chez nous.

– Je regrette de vous avoir dérangée.

– Tu ne me déranges absolument pas.

– C'est tellement gênant de vous obliger à me raccompagner.

– C'est moi qui te l'ai proposé.

– J'aurais pu rentrer en bus.

– Il n'était pas question que je te laisse rentrer en bus après ce qui t'est arrivé !

– Vous pouvez me déposer ici, je ferai le reste du chemin à pied.

Maman a fait demi-tour une fois que Clara est apparue à la fenêtre pour montrer qu'elle était bien rentrée chez elle.

Sur le chemin du retour, maman m'a dit d'un ton ravi :

– Elle est très sympathique ton amie.

Je sais ce que sous-entend ma mère. Clara a été extrêmement polie, elle a dit merci mille fois en arrivant chez elle, cinquante fois « Je suis sincèrement désolée pour tout ce dérangement », trente fois « J'espère que je n'ai pas sali le canapé avec mes chaussures ». Elle a fait très bonne impression à ma mère.

Et puis surtout, maman connaît sa réputation d'élève brillante.

– Je comprends aujourd'hui pourquoi ma mère disait tout le temps qu'il était important de bien choisir ses amis. On est tiré vers le haut, on a des conversations intéressantes et les bonnes fréquentations aident à réussir. Clara est vraiment une jeune fille très sympathique.

J'étais la première à la trouver très sympathique puisque je cherchais à en faire MA meilleure amie. Très sympathique, mais un peu étrange. De plus en plus étrange.

– Tu ne l'as pas trouvée bizarre ? ai-je demandé à maman.

– Non, pourquoi ?

– D'habitude elle n'est pas comme ça.

– C'est normal qu'elle soit un peu perturbée après ce qui lui est arrivé.

– Tu crois qu'elle va guérir ?

Ma grande inquiétude était de savoir si dorénavant Clara allait passer son temps à s'évanouir en cours et si elle allait garder ce regard vague et absent.

– C'est juste un petit malaise passager, a rétorqué maman, il n'y a pas d'inquiétude à avoir. Elle va bien dormir cette nuit et demain tu la retrouveras en pleine forme.

Maman ne se rendait pas compte des menaces qui pesaient sur la scolarité de Clara si elle passait son temps à s'évanouir dès qu'un prof élevait la voix ou qu'un élève criait dans le couloir. Elle ne pourrait plus aller au collège, elle serait obligée de suivre des cours par correspondance, elle n'apprendrait plus aussi facilement qu'avant, elle ne verrait plus personne, sa vie deviendrait un enfer.

Planète cœur

J'étais très impatiente de voir ma future meilleure amie le lendemain en entrant au collège.

J'ai observé Clara attentivement pour voir si la nuit avait été bénéfique, comme me l'avait certifié maman. En cours, elle travaillait toujours très bien, évidemment on ne peut pas tout oublier d'un coup, mais parfois je surprenais son regard qui s'échappait loin par la fenêtre.

Mme Roux est passée dans les rangs pour vérifier que tout le monde avait bien apporté son livre de grammaire. Arrivée à la table de Clara, elle a lancé :

– Clara, votre livre, s'il vous plaît ?

– Je l'ai oublié, a-t-elle murmuré.

Mme Roux est restée pétrifiée cinq secondes.

– Oublié ? a-t-elle répété.

La prof a hésité à l'inscrire sur son carnet de notes mais si elle ne voulait pas provoquer de scandale en favorisant Clara, elle était obligée de le faire. Elle lui a donc mis un - 2 en prévision du prochain contrôle, comme pour tous ceux qui n'avaient pas leur livre ce jour-là. Mais en retournant à son bureau, elle a changé d'avis. Elle a annoncé :

– Le - 2 sera maintenu pour les élèves concernés qui oublieront encore leur livre de grammaire la semaine prochaine.

Ouf, Clara avait une chance de s'en sortir !

Ensuite Mme Roux lui a demandé de répondre à la cinquième phrase de l'exercice sur l'accord du verbe avec le sujet. Clara a bafouillé, puis elle a commencé à lire la phrase numéro quatre avant que les murmures des élèves ne l'arrêtent.

Mme Roux n'a pas fait de commentaire mais elle a avalé de travers. Cela faisait deux fois en une demi-heure que la super-boss faisait un écart. Si Clara Parker oubliait son livre et ne suivait plus les exercices, qu'allait devenir la sixième 3 ?

À la récré, Max et Clara se sont croisés. Ils étaient au milieu de la cour. Tout le monde était pressé d'aller à la cantine mais on aurait dit qu'ils avaient appuyé sur la touche « ralenti ». Ils marchaient normalement et tout à coup, dès qu'ils se sont rapprochés l'un de l'autre, ils sont passés à la vitesse inférieure.

Perrine, qui avançait à côté de Clara, s'est retrouvée toute seule. Une fois l'un en face de l'autre, Max et Clara se sont arrêtés et ont mis un temps infini pour se faire quatre bises. Puis ils se sont séparés sans se dire un mot.

– Clara ne te semble pas bizarre en ce moment ? ai-je demandé à Manon qui me suivait.

– Pas plus que toi ! a-t-elle rétorqué. Ça fait dix minutes que je te parle et que tu ne réponds pas à mes questions. Je pourrais discuter avec le poteau de basket, ce serait pareil.

Je n'ai pas insisté.

Perrine aurait peut-être des renseignements à m'apporter. Pendant l'heure d'anglais en petit groupe, je lui ai demandé :

– Tu la trouves comme avant Clara ?

– Oui, pourquoi ?

– Elle n'est pas distante ? Bizarre ?

– Ah pas du tout ! Pourquoi, elle est comme ça avec toi ?

Perrine ne m'aiderait pas à éclaircir mes impressions sur Clara. Je n'avais plus le choix, il fallait que je demande conseil à Manon. C'était la seule à pouvoir me rassurer.

Samedi midi, avant de partir en week-end chez un copain à la campagne, Max a déboulé dans ma chambre sans frapper et il s'est mis à fouiller dans mes affaires.

– Tu n'es vraiment pas gêné ! me suis-je exclamée, indignée.

Il a sursauté et il a bredouillé :

– Je ne t'avais pas vue. T'aurais pas une pochette ou une boîte sympa ?

– Pour quoi faire ?

– Je te demande juste si tu as une pochette ou une boîte sympa pour ranger des documents.

Il allait partir quand j'ai dit :

– Attends, je vais voir.

Je lui ai trouvé une chemise en carton avec des fleurs de toutes les couleurs. Il est sorti de ma chambre, tout content, sans m'adresser un mot de remerciement. Je n'ai pas eu le temps de le lui faire remarquer, maman m'appelait déjà pour déjeuner.

À table, je me suis retrouvée seule avec mes parents puisque Alex avait une répétition de saxo pour le concert de Noël. Ce serait plus facile pour leur annoncer ce que je n'arrivais pas à leur dire depuis la veille.

– Manon vient réviser les maths ici tout à l'heure, ai-je lancé d'une voix faussement assurée.

– Tu es sûre que c'est la meilleure solution pour travailler ? a demandé maman.

Mes parents apprécient moyennement Manon parce qu'elle n'a pas de très bonnes notes et que ce n'est pas une acharnée du travail. Ils ne me l'ont jamais dit, mais je l'ai parfaitement compris.

Comme tous les parents, ils ont peur que leur fille subisse une mauvaise influence. Ils préféreraient sûrement que je révise avec une élève genre Clara Parker. Ce qu'ils ne savent pas, c'est que lorsque je suis avec Clara, je pense à tout sauf au travail : comment lui parler ? comment lui plaire ? comment attirer son attention ? comment percer le mystère ?

Ils n'ont dit ni d'accord ni pas d'accord, j'en ai donc conclu que c'était d'accord. De toute façon, ma décision était prise.

On travaillait depuis une demi-heure sur le deuxième exercice de géométrie quand Manon a pris le *Top magazine* à côté de mon lit :

– J'ai la tête comme une citrouille ! s'est-elle exclamée.

J'ai alors entamé la discussion qui me tenait à cœur.

– Clara a vraiment changé, tu ne trouves pas ? ai-je demandé.

Elle s'est tranquillement installée sur mon lit pour feuilleter la revue et a ronchonné :

– C'est la deuxième fois que tu me poses la question, c'est une obsession, ma parole !

– Non, non, juste une observation.

– Eh bien oui, moi aussi je trouve qu'elle a changé.

– Tu dis ça pour me faire plaisir.

– Non non, je suis sérieuse. Depuis quelque temps on dirait que Clara est...

Manon semblait avoir une idée précise sur la question et elle faisait durer le suspense en s'interrompant pour se concentrer sur un article du magazine.

– Que Clara est quoi ? ai-je repris.

– Amoureuse.

– Amoureuse ? Tu crois ? Et amoureuse de qui ?

– Alors là...

Elle a fait mine de ne pas en savoir plus.

– Octave ? ai-je demandé.

– Oh non, pas lui !

– Depuis quand tu penses que Clara est amoureuse ?

– Quelques jours.

– Tu aurais pu m'en parler !

– Ça m'est sorti de la tête…

Manon ne savait rien, elle parlait au hasard pour tester mes réactions.

J'ai repris l'exercice de géométrie.

– Au fait, comment ça s'est passé quand Clara est venue chez toi l'autre fois ?

– Bien, ai-je lancé, on a regardé un DVD.

Et tout à coup, je me suis rappelé notre après-midi-cauchemar.

– En fait non, ça ne s'est pas bien passé. À un moment Max est entré comme un dingue pour rigoler. Clara a eu tellement peur qu'elle est tombée dans les pommes.

– Quel cinéma !

– Ah non, je te jure que c'était vrai. Elle n'a pas fait semblant.

– Alors…

Manon a refermé *Top magazine* et l'a posé sur le lit :

– Alors elle est amoureuse de…

Son regard pétillait de malice et elle essayait tant bien que mal de contenir un petit sourire.

– Mais vas-y, parle !

– Alors elle est follement amoureuse… de Max.

– Max ! Tu délires ! Amoureuse de Max, elle ! C'est le jour et la nuit tous les deux ! Et puis ils ne se connaissent pas !

– Je dis ça, mais forcément tu es plus proche d'eux.

Elle est retournée s'asseoir sur son tabouret et, en feuilletant le livre d'exercices, elle a demandé :

– On en était où ?

Manon avait raison, il valait mieux qu'on abrège notre discussion. On n'était plus sur la même longueur d'ondes, elle et moi. On a repris notre calcul du triangle et, au moment de le dessiner, je me suis aperçue que mon compas avait disparu.

– C'est Max qui me l'a piqué, à tous les coups ! me suis-je exclamée.

Quand mon frère ne retrouve plus ses affaires dans sa chambre, il vient se servir directement dans la mienne qui est à peine mieux rangée.

Au pied de la lettre

J'ai foncé dans la chambre de Max. Son bureau était en désordre comme d'habitude. J'ai soulevé un ou deux livres sans trouver mon compas. J'ai ouvert le tiroir et là, qu'est-ce que j'ai découvert ? Au fond, sous un livre d'histoire, dans la pochette à fleurs que Max m'avait empruntée, il y avait au moins cinq lettres !

– Viens voir ! ai-je lancé à Manon à voix basse, comme si Max pouvait nous entendre.

Elle a accouru, alléchée par mon ton de conspiratrice.

– Tu as trouvé quelque chose ?

– Oui. Regarde.

– Ben, ce sont des lettres, a-t-elle constaté.

– C'est bien ce qui m'étonne. Max reçoit des lettres ?

Elle a réfléchi, les yeux plissés, et a poursuivi :

– Des lettres d'une fille. Du papier mauve, ça ne peut pas être un copain.

J'ai hésité un instant et j'ai soufflé :

– Ça ne se fait pas, hein ?

– Non.

– En même temps, il n'avait qu'à mieux les cacher s'il ne voulait pas qu'on les trouve. Il ne faut pas nous tenter.

– C'est vrai...

Je savais que Manon avait envie autant que moi de découvrir le mystère de ces lettres. Sans elle, je n'aurais peut-être pas osé. J'ai glissé la main au fond du tiroir, j'ai saisi le paquet d'enveloppes et j'ai observé l'écriture. Une écriture lisse, ronde, régulière... comme celle de... Mon sang s'est figé dans mes veines.

– Ce n'est pas possible, dis-moi que je rêve !

– Quoi ?

– Tu ne vois pas ?

– Non.

J'ai insisté.
– Cette écriture ne te rappelle rien ?
– Absolument rien.
Parfois le cerveau de Manon navigue à des années-lumière du mien.
– C'est l'écriture de Clara ! ai-je expliqué.
– Ah tu vois, je n'étais pas loin de la vérité !
– Clara Parker écrit à mon frère ? Mais depuis quand ils se connaissent ?

Manon a sorti la première lettre de son enveloppe et a commencé à lire à mi-voix :
« Mon amour,
T'écrire devient pour moi un besoin vital. Je vois ton visage se dessiner sous les mots que tu m'inspires… »
À cet instant, j'ai entendu des pas dans l'escalier. J'ai vite rangé les lettres dans le tiroir avant de le refermer. C'était Alex qui revenait de sa répétition de saxo. Il s'est arrêté devant la porte et a demandé :
– Qu'est-ce que vous faites là ?

– Je... euh... on cherchait un compas.
– Max ne veut pas qu'on entre chez lui quand il n'est pas là.

Alex nous a prêté son compas et on est retournées à notre exercice. Cette fois, c'est moi qui avais la tête comme une citrouille.

– Je comprends mieux pourquoi Clara s'intéresse à toi, a lancé Manon, l'air sarcastique.
– Pourquoi ?
– Ben tiens, tu ne devines pas ?
– Non.

En réalité, je devinais très bien mais je ne voulais pas reconnaître la vérité.

– Pour ton frère ! Logique, non ? Depuis le début je le sentais.

Manon était occupée à faire le triangle au compas. Elle avait du mal à cacher sa satisfaction.

– Tu t'imaginais déjà sa grande copine ?
– Pas du tout.

Elle a pouffé de rire en faisant tourner le compas dans tous les sens. Ma main a failli partir pour s'écraser sur son visage hilare. J'ai eu envie de lui arracher le compas des mains et de le lui planter dans le pied.

– Tu trouves ça drôle ?

– Pas toi ? Franchement c'est tordant. J'ai toujours pensé qu'elle ne pouvait pas être douée dans tous les domaines. Elle le prouve ! Il faut vraiment être bête pour employer des moyens pareils.

« Ou alors être éperdument amoureuse », ai-je pensé en mon for intérieur.

– En tout cas, Clara s'est bien servie de toi, tu peux la remercier. À ta place, je lui dirais en la regardant droit dans les yeux : « J'ai tout compris ». Si tu veux je t'accompagne ?

J'étais sous le choc.

Clara, amoureuse de mon frère ? Et si Manon avait raison ?

Il fallait que j'en apprenne davantage. Mais je me sentais incapable d'aborder le sujet avec Clara. Je me voyais mal lui demander : « Bon, tu t'es bien servie de moi, tu es contente ? »

C'était à moi de faire la part des choses et tant pis si je n'avais pas vu la réalité telle qu'elle était : Clara n'avait pas envie d'être mon amie, elle avait besoin de moi, c'était toute la différence.

Ce soir-là, j'ai essayé d'écrire sur mon journal mais je n'ai pas réussi à aligner deux mots. Je relisais les pages précédentes et j'avais envie de les arracher. Je n'aime pas écrire des choses négatives, alors je me suis contentée de le refermer et je l'ai rangé dans le tiroir de ma table de nuit. Je devais oublier cette histoire et mettre un point final à cette amitié à sens unique.

Le fou rire de l'amitié

C'est dans les moments difficiles qu'on reconnaît les vraies copines. Manon ne m'a reparlé ni de Clara ni de Max. La vie au collège a recommencé comme si rien ne s'était passé. Avec Manon on a repris nos discussions habituelles, nos concours de cœurs, ses résumés de *Maxystar*, son objectif « la-moyenne-à-tout-prix » et cela me convenait parfaitement.

Clara Parker a bien vu que mon attitude avait changé. Elle me jetait des coups d'œil interrogateurs à la dérobade mais n'a pas eu l'occasion de m'approcher pour me demander des explications. Et je n'avais aucune intention de l'aider.

Une semaine après la découverte des lettres mauves, je me suis retrouvée seule au cours d'EPS pour préparer l'enchaînement. Manon avait une dispense parce qu'elle avait mal au ventre, et surtout parce qu'elle inventerait n'importe quel prétexte pour échapper au supplice de faire son exercice au sol devant tout le monde, avec sa chandelle tordue et son poirier qui s'effondre.

– Alors, tu m'abandonnes lâchement ! me suis-je exclamée.

– Tu n'as qu'à dire que tu as un rhume, je t'emmène à l'infirmerie.

– Un rhume n'empêche pas de préparer un enchaînement ! ai-je répondu.

Ce jour-là, Perrine était absente. La prof nous a mises ensemble, Clara et moi. Elle a noté nos noms sur son cahier et on s'est installées sur des tapis. Manon s'est assise sur le banc à côté de la prof. Elle s'éventait avec son carnet de correspondance parce que ça sentait la sueur et les pieds dans le gymnase. La prof lui a donné une feuille pour qu'elle recopie au propre les noms de chaque duo. Manon m'a emprunté mon stylo rose et elle s'est appliquée, ça lui a pris au moins la première heure.

J'étais assise sur le gros tapis rouge et Clara sur le petit tapis bleu. On était censées discuter de l'enchaînement libre mais on n'arrivait pas à échanger deux mots. On observait les autres en attendant que l'inspiration vienne.

– On se bouge, les filles ! s'est exclamée la prof en nous voyant molles comme des chamallows.

On s'est levées et on a commencé à faire des figures sur le tapis bleu et froid parce que la prof nous surveillait du coin de l'œil. Dès qu'elle s'est éloignée, Clara s'est installée sur le gros tapis rouge et je me suis accroupie sur le petit tapis bleu.

– On pourrait commencer par une roulade avant, ai-je suggéré.

J'ai exécuté une roulade devant Clara inerte.

– Qu'est-ce qu'on pourrait faire après ? lui ai-je demandé.

– Un triple salto, a-t-elle rétorqué sur un ton très sérieux.

– Un triple salto ? Qu'est-ce que c'est ?

– Une triple roulade avant en l'air.

– En l'air ? j'ai répété avec inquiétude.

Elle a souri, moi aussi en comprenant qu'elle plaisantait. Rien qu'à prononcer le mot salto, j'avais mal au dos.

Clara s'est approchée du tapis bleu et je me suis suspendue aux barres parallèles. Elle est restée droite et concentrée comme si elle marchait sur la poutre.

Au bout d'une minute de réflexion elle a marmonné :

– On commence donc par la roulade avant.

Elle a fait une roulade de Jeux olympiques, tonique, avec les pointes et les jambes droites. J'ai applaudi, ça n'avait pas grand-chose à voir avec ma galipette de fin de maternelle. Mais le plus surprenant est venu après. Elle a fait demi-tour et a exécuté un enchaînement impeccable sans aucune hésitation, comme si quelqu'un lui dictait ses gestes dans une oreillette. J'ai noté aussi vite que possible sur la feuille pour ne rien oublier.

À la fin, elle m'a lancé un coup d'œil interrogatif pour avoir mon avis. Je n'ai pas applaudi, deux fois de suite ç'aurait été trop. J'ai bredouillé :

– Il y a juste un truc qui me gêne.
– Quoi donc ? a-t-elle demandé interloquée. Dis-moi, on le changera tout de suite. Qu'est-ce qui ne va pas ?

Elle avait l'air paniquée que j'émette une réserve sur son travail.

– Ce qui ne va pas, ai-je soufflé, c'est la roulade du début...

On a commencé à rire et nos rires ont résonné de plus en plus fort dans le gymnase, sans pouvoir s'arrêter. J'avais les larmes aux yeux, je me roulais sur le tapis bleu. Clara, elle, était pliée en deux et se retenait à la poutre.

– Faites-nous profiter de cet enchaînement hilarant, a lancé la prof bien décidée à nous calmer.

Heureusement, Clara a assuré comme une pro.

Elle et moi, on n'avait pas eu besoin de s'expliquer pendant des heures. Il avait suffi d'une crise de fou rire pour qu'on redevienne amies.

Notre réconciliation tombait à pic puisque notre sortie de classe était prévue pour le lendemain. La prof de français et le prof d'histoire nous ont emmenés au Louvre. Après la visite guidée, on a eu quartier libre dans le musée. Avec Clara on est allées visiter les toilettes. Manon ne comprenait pas que j'adresse de nouveau la parole à une fille qui se servait de moi sans scrupules.

– On vous rejoint tout à l'heure, a lancé Clara à Perrine.

J'ai dit la même chose à Manon.

– Où tu vas ?

– Je vais aux toilettes.

– Tu veux que je t'accompagne ?

– Non, non, ça ira.

Elle a lancé un coup d'œil par-dessus mon épaule et elle a vu Clara qui m'attendait quelques mètres plus loin. Elle a soufflé :

– Ah oui, je vois.

– Qu'est-ce que tu vois ?

– Si ça t'amuse, ce petit jeu... Moi je n'aimerais pas qu'on me prenne pour une imbécile.

– T'as rien compris.

– C'est toi qui n'as rien compris. Je te croyais beaucoup plus intelligente que ça.

J'ai haussé les épaules et je suis partie avec Clara. C'était ma vie, Manon n'allait pas décider à ma place !

En fait, Clara cherchait à être seule avec moi. Enfin ! J'attendais ce moment depuis si longtemps. Seulement les toilettes, ce n'était pas l'endroit idéal pour les confidences. Le sèche-mains faisait un vacarme infernal et un groupe de Japonaises a envahi les lieux.

Clara voulait certainement me parler spontanément des lettres, m'expliquer ce qu'elle ressentait au plus profond d'elle-même. J'étais prête à entendre tous ses secrets. Manon était mauvaise langue. Elle commençait à m'énerver sérieusement avec ses crises de jalousie. Me manipuler ? Mais Clara pouvait parfaitement éprouver des sentiments pour mon frère et être mon amie, ce n'était pas incompatible !

– On sort ? a-t-elle demandé subitement.

– On sort !

Et je l'ai suivie en traversant le groupe de Japonaises.

Clara et moi nous sommes perdues du côté des statues grecques et nous en avons fait trois fois le tour. Je pensais que Clara sauterait sur l'occasion pour partager ses connaissances mais pas du tout. On s'est assises sur des fauteuils au milieu d'une salle et elle m'a posé une question à laquelle je ne m'attendais pas.

– Ton cœur bat pour quelqu'un en ce moment ?

J'ai trouvé l'expression très raffinée. Il n'y a qu'elle pour tourner les choses comme ça.

– Pas vraiment.

Je ne pouvais pas lui dire la vérité ! « Oui mon cœur bat pour quelqu'un et ce quelqu'un est juste à côté de moi, Clara c'est toi, j'aimerais tellement qu'on soit amies ! ».

– Tu es déjà sortie avec un garçon ? a-t-elle demandé.

J'ai sursauté. J'ai senti mes joues chauffer. J'ai dû paraître rouge comme une écrevisse au milieu de ces statues blanches.

En face de nous, il y avait un homme nu sur un socle, un faux bien sûr, mais je le fixais du regard depuis quelques instants sans m'en rendre compte. J'ai baissé les yeux dès que je m'en suis aperçue.

Ce qui m'étonnait le plus, c'était que Clara aborde un sujet pareil. Moi qui étais persuadée qu'elle ne s'intéressait qu'au travail !

– Non, ai-je menti à moitié, je ne suis jamais sortie avec un garçon.

Je ne lui ai pas parlé d'Antonin à la boum de la colo cet été parce que notre histoire n'a duré que deux heures. Après il est sorti avec Julia, une fille très désagréable qui séduisait tous les garçons de la colo. Clara attendait que je lui renvoie la balle. J'ai fini par craquer.

– Et toi ? Ton cœur bat pour quelqu'un ?

– C'est pire ! Il ne bat plus quand je le vois, il s'arrête net !

Elle a souri. J'avais du mal à croire que mon frère puisse inspirer un si grand amour à une fille comme Clara Parker. J'ai senti qu'elle n'attendait qu'une seule chose, que je lui demande à mon tour : Pour qui ton cœur bat-il si fort ?

J'ai fait traîner la question aussi longtemps que j'ai pu mais j'ai fini par la lui poser. Elle a laissé passer un instant de silence.

– Je ne sais pas si je dois te le dire.

– Comme tu veux.

Qu'elle ne se sente surtout pas obligée ! On pouvait très bien vivre sans en parler. Mais je sentais qu'elle mourait d'envie de tout raconter, comme si j'étais une bonne fée entre elle et mon frère, une présence rassurante.

Le nom de son prince charmant était sur le bout de ses lèvres quand Perrine a déboulé dans la salle, la mine décomposée et les yeux écarquillés :

– Tout le monde vous attend depuis une demi-heure ! On vous cherche partout. Qu'est-ce que vous fabriquez ?

En effet, il était midi et demi et le rendez-vous était fixé à midi pile devant le vestiaire. Perrine semblait furieuse d'avoir passé une partie de la matinée toute seule. Quand on a retrouvé le groupe, Manon rigolait avec Octave et ses copains. J'avais de la chance d'avoir une copine aussi populaire. Elle a même essayé d'entraîner Perrine :

– Allez, viens avec nous, on s'amuse comme des fous. Ne reste pas toute seule, tu me fais de la peine.

Mais Perrine préférait lui faire de la peine et rester dans son coin à bouder.

– Souris, insistait Manon. Ce n'est pas tous les jours qu'on va voir les momies, on a le droit de s'éclater.

Puis elle s'est approchée de moi et elle m'a demandé à voix basse :

– T'en fais une tête ! Tu as croisé Mme Roux déguisée en scribe ?

Je n'ai pas répondu. Elle a enchaîné :

– Elle t'a demandé si tu voulais être son amie ?

Très drôle, quel humour ! Heureusement les profs ne nous ont pas disputées. Clara est intouchable. Avec les notes qu'elle décroche, personne n'oserait lui reprocher une demi-heure de retard sans explications ni excuses.

Mon frère son idole

Dans le métro, au retour, on s'est assises sur les strapontins. Perrine était en face de nous mais elle ne pouvait pas entendre notre discussion. Tout à coup, Clara m'a lancé :

– C'est Max.

– Max ? Quoi Max ?

– Maxence, ton frère. C'est lui que j'aime.

– Ah oui ?

Je m'y attendais mais j'ai quand même bondi de mon strapontin et failli tomber.

– Tu lui as écrit des lettres, ai-je ajouté. Les enveloppes mauves…

– Tu es au courant ? Je n'ai pas signé. Il ne sait pas que c'est moi. Ça ne se fait pas d'écrire des lettres anonymes, mais j'avais trop peur d'être reconnue au collège et montrée du doigt par ses copains.

Je regardais les gens qui sortaient et rentraient dans le wagon, une dame avec un chat dans un panier, un homme tout petit traînant deux grosses valises. Puis j'ai fixé Clara droit dans les yeux et je lui ai demandé :

– Depuis quand tu l'aimes ?

– Depuis la rentrée. Depuis que je suis entrée dans la cour le premier jour. On était cinq cents et je n'ai vu que lui.

– Comment tu as su que c'était mon frère ?

– C'est Perrine qui me l'a dit.

– Perrine sait que tu l'aimes ?

– Évidemment, je ne pouvais pas garder le secret.

Elle a tourné la tête vers la fenêtre et a regardé défiler les rails d'un air rêveur. J'ai jeté un coup d'œil à Perrine. Elle enfilait son manteau et remontait sa fermeture Éclair. Manon riait très fort aux blagues d'Octave, tous les passagers la dévisageaient. Et si elle avait raison quand elle affirmait que Clara se servait de moi ?

– C'est pour ça que tu as voulu faire l'exposé avec moi ?

Clara a baissé les yeux, ça voulait dire oui.

– Et Perrine, qu'est-ce qu'elle faisait dans la chambre de Max le jour de mon anniversaire ?

– Je voulais un souvenir de lui, quelque chose qui était dans sa chambre, un objet qu'il aimait, mais elle n'a rien pu prendre.

– Tu t'es drôlement servie de moi ! Merci !

J'avais la gorge serrée et une énorme envie de pleurer. J'ai poursuivi :

– Je te souhaite beaucoup de courage !

– Pourquoi tu dis ça ?

– Parce que Max est le genre de garçon qui ne pense qu'à lui. Je suis bien placée pour le savoir, je vis avec depuis onze ans. Il ne débarrasse jamais son petit-déj', il ne demande l'avis de personne pour changer de CD, il entre dans la chambre des autres sans frapper, il laisse traîner ses baskets qui puent dans le couloir... Mais bon, je ne peux pas t'empêcher de l'aimer.

Au moment où je terminais ma phrase, je me suis rendu compte que j'essayais de détruire les sentiments qu'elle éprouvait pour lui. Mais mon portrait de Max avait l'air de n'avoir aucun effet sur elle. Je me suis rattrapée :

– J'exagère ! Parfois il est sympa. Non, souvent.

J'attendais qu'elle me demande une faveur. L'inviter à dormir à la maison, arranger une rencontre avec Max, ou tout lui révéler. Mais non. En passant le portillon du métro, elle a reconnu :

– J'aime être avec toi. Quand je suis en ta compagnie, j'ai un peu l'impression d'être avec lui.

Arghhhh ! J'ai eu envie de lui envoyer une gifle sur-le-champ. Mais elle semblait tellement heureuse !

– On est différents, rassure-moi ! ai-je répondu en essayant de garder le sourire.

– Tu n'imagines pas le bien que ça me fait de t'avoir tout avoué, a-t-elle continué.

– Non, je n'imagine pas, je suis trop bête pour ça, ai-je murmuré.

– C'est un peu comme si je l'avais dit à Max. Je me sens beaucoup plus légère. Tu sais, il n'y a pas grand-monde dans la confidence.

– Perrine.
– Oui mais elle, ce n'est pas pareil parce que…
Elle s'est arrêtée au milieu de sa phrase.
– Pourquoi ce n'est pas pareil ?
– Elle a découvert mon agenda où j'ai écrit partout Max, Max, Max. J'ai été obligée de tout lui expliquer.
– Et elle est encore ton amie ?
– Je n'aime pas faire du mal aux gens.

Et moi ? Est-ce qu'elle se demandait si elle me faisait du mal ? Même pas.
Clara n'avait pas l'air de se rendre compte que j'existais. J'en voulais à la terre entière. Clara aimait mon frère plus que moi et Perrine autant que moi.
C'était injuste ! Je faisais tout pour devenir sa meilleure amie et je n'avais qu'une toute petite place dans son cœur.
Je n'ai plus ouvert la bouche jusqu'à notre arrivée au collège. J'étais très déçue que notre amitié se réduise à cette histoire.

Juste avant de se séparer, Clara m'a demandé timidement :

– Tu n'aurais pas une photo de lui ?

J'ai répondu que oui froidement et je suis partie. Mais je n'avais plus du tout envie d'aider Clara Parker !

En rentrant chez moi, j'ai failli percuter deux passants et une poubelle. Je fixais mes chaussures comme si elles pouvaient me consoler.

Manon avait raison finalement : Clara ne m'aimait pas pour moi mais parce que je lui rappelais mon frère et je me retrouvais seule, sans Clara et sans Manon.

Pendant tout le dîner j'ai observé Max en me demandant bien comment une fille telle que Clara pouvait aimer un type comme lui. Il faisait un bruit de cochon en mangeant, il m'a pris mon pain sans se gêner et il a fini les coquillettes sans en proposer aux autres.

Il faudra qu'elle m'explique ce qu'elle lui trouve. Beau ? De loin. Intelligent ? Il n'y a qu'à voir sa dernière note en français, 6 sur 20. Drôle ? Oui, si on rit aux blagues Carambar.

Il allait enfourner une énorme pelletée de nouilles à la sauce tomate quand il s'est arrêté net en constatant que je le fixais avec dégoût.

– Tu veux ma photo ? a-t-il demandé.

« Moi non, j'ai pensé, mais j'en connais une qui voudrait bien. »

– Tu me lâches pas des yeux depuis tout à l'heure, il a continué, alors je te demande si tu veux ma photo.

Il avait plein de sauce tomate autour de la bouche, il était ridicule.

– Pas du tout, je regardais la cruche.

– Mouais... Tu regardais dans ma direction. Alors si tu veux ma photo avec une cruche devant, tu me le dis.

– Pas besoin de rajouter la cruche, tu la fais très bien...

– Bon ça suffit tous les deux ! a lancé papa. Vos chamailleries commencent à m'agacer sérieusement.

Max est monté sur ses grands chevaux :

– Elle n'arrête pas de me fixer, c'est énervant !

– Sixtine, tu regardes ailleurs, s'il te plaît, a grogné papa.

– Mais c'est lui qui se sent persécuté ! me suis-je exclamée. J'observais la cruche.

– Max, tu es trop susceptible.

Papa a pris la cruche et l'a mise sous mes yeux en disant :

– Voilà, le problème est réglé. On pourrait discuter d'autre chose maintenant, non ?

J'ai continué à admirer la cruche pour montrer que Max ne m'intéressait pas. Et j'ai pris un dessert sans participer à leur conversation.

Et moi, émois

Depuis que Clara Parker m'avait fait ses révélations, je ne supportais plus sa présence. Je l'évitais à tout prix. Elle ne cherchait plus à me parler de mon frère, mais quand je croisais son regard j'y voyais Max. Parfois je n'avais qu'une envie, supprimer le passé pour exister, moi et moi seule, à ses yeux. Parfois cela m'était égal et je la trouvais ridicule. Il fallait les voir dans la cour se regarder sans oser se parler…

Bien décidée à ne pas arranger leurs affaires, j'ai pris la lettre mauve que j'avais trouvée dans la boîte aux lettres et je l'ai ouverte sans hésiter. Elle était signée : Clara Parker, 6e 3.

Dans sa lettre, Clara expliquait pourquoi elle avait préféré rester anonyme et elle proposait à Max d'aller au cinéma. Je l'ai rangée dans le tiroir de ma table de nuit. Mon frère ne la lirait pas, Clara penserait qu'il refusait son rendez-vous, c'était bien fait pour eux. Je ferais mon possible pour leur mettre des bâtons dans les roues.

Malgré tout, Clara ne quittait pas mes pensées. Un jour, alors qu'on attendait en EPS pour jouer au hand, Manon m'a dit :

– Tu as encore envie d'être amie avec Clara?

– Je ne sais pas… oui.

– Même après le coup qu'elle t'a fait !

– Je ne sais pas… non.

– Alors c'est oui ou c'est non ?

– Je ne sais pas.

– Oh, t'es pénible, ma pauvre !

Oui, je devais être insupportable depuis que Clara était entrée dans mon cœur et que j'essayais de l'en faire sortir.

– C'est quand même dégoûtant ce qu'elle t'a fait, avoue.
– Oui.
– Mais tu ne lui en veux pas ?
– Si.
– Alors laisse-la tomber complètement, qu'est-ce que tu attends ? L'indifférence, c'est la meilleure solution.
– Je voudrais bien mais je n'y arrive pas.
– Oh, t'es compliquée !
Oui j'étais pénible et compliquée, mea culpa.
– Il faut que tu admettes qu'elle ne sera jamais ton amie, c'est dur mais c'est comme ça. Elle te mène en bateau.
– C'est vrai.
– Elle te prend pour une idiote.
– C'est sûr.
– Elle te manipule. À ta place je ne penserais plus à elle. Tu tournes la page.
– Tu as raison.
Et j'ai commencé à imaginer tout ce que je pourrais faire pour y arriver : jeter la lettre mauve à la poubelle, tirer un trait au bas de mon journal intime, ranger le coffret qu'elle m'avait offert au fond de mon placard.

Quand on est arrivées sur le terrain de hand, j'étais bien décidée à ne plus adresser la parole à Clara de ma vie. Elle a dû s'en apercevoir parce que je ne lui ai pas fait une seule passe de tout le match. J'ai écouté les conseils de Manon et j'ai essayé de jouer la parfaite indifférente. Elle n'est pas la seule fille sur terre que je peux aimer.

Le soir, à peine rentrée à la maison, j'ai mis mon plan à exécution. Je me suis assise à mon bureau et je commençais à enlever tous les bijoux du coffret quand j'ai entendu :

– Tu travailles ?

Je me suis retournée d'un bond. C'était Paul, le copain de Max. Il avait laissé mon frère devant son jeu vidéo pour faire une pause. Qui sait s'il n'était pas envoyé par lui pour m'espionner ? Je me suis précipitée sur mon bureau pour verrouiller le cadenas de mon journal intime. Je venais de retrouver la clef comme par magie au fond du tiroir de ma table de nuit !

– C'est bien ?

Il désignait, sur ma commode, le livre tout poussiéreux d'Hervé Bazin.

– Prends-le si tu veux, c'est à mon frère.

Paul n'a pas bougé. Il est resté timidement sur le seuil de la porte sans entrer. Je lui ai apporté le roman et il a fait mine de lire la première page. Il avait envie de discuter mais il n'osait pas.

Il a observé mes posters. J'ai eu soudain très chaud. J'ai ouvert la fenêtre et je l'ai refermée aussitôt parce que le vent a claqué la porte. Quand je me suis retournée, Paul n'était plus là. Par la fenêtre, je l'ai vu sortir de la maison et je ne sais pas ce qui m'a pris, je suis restée clouée derrière le carreau à le regarder jusqu'à ce qu'il disparaisse au bout de la rue.

– Tu travailles ?

J'ai bondi jusqu'au plafond. Cette fois-ci, c'était Max. Il était à la porte de ma chambre et attendait que je l'invite à entrer.

– D'habitude tu ne te gênes pas pour venir ici sans me demander mon avis. Qu'est-ce qui t'arrive, t'es devenu poli ? T'es malade ? Avant d'entrer tu enlèves tes baskets, s'il te plaît, elles sentent mauvais !

Il les a retirées et laissées dans le couloir.

– Ah non, pardon, ce ne sont pas tes baskets, ce sont tes chaussettes qui puent.

Il s'est assis sur ma chaise de bureau en croisant ses mains derrière la tête et en mettant ses pieds sur mon lit.

– Ma couette ! j'ai hurlé. J'ai pas envie de mourir asphyxiée cette nuit.

Il a ôté ses pieds du lit et il s'est mis à tourner sur ma chaise à roulettes.

– Elle est pas mal ta chaise, a-t-il commenté en tirant sur la manette pour régler le dossier.

– Si c'est pour me la piquer, tu peux retirer tes fesses tout de suite. Vu ce que tu as fait de la tienne !

Max est resté zen. Il a posé les yeux sur mon bureau et il a remarqué :

– Je ne savais pas que tu tenais un journal intime. Tu lui confies tes secrets ?

– Non, le menu de la cantine ! ai-je lancé en levant les yeux au ciel.

Il a tripoté le cadenas.

– Au fait, Clara va bien depuis la dernière fois ? Elle n'a pas refait de malaise ?

– Non, elle va très bien.

– Elle est comment sinon ? Plutôt sympa ? Tu t'entends bien avec elle ?

– Très bien, ai-je répondu sèchement.

Je comprenais pourquoi il venait dans ma chambre tout poli, tout gentil. Non merci, je n'avais aucune envie de parler de Clara que j'essayais d'oublier. S'il cherchait des renseignements, qu'il s'adresse directement à elle.

– Je te pose des questions sur Paul, moi ! me suis-je exclamée.

Il m'a regardée d'un air étrange sans dire un mot. J'ai ouvert brutalement le placard pour ranger le coffret à bijoux, la porte a buté contre la pile de livres et de classeurs qui dépassait du bureau et tout s'est effondré sur moi. Max a compris que ce n'était pas le moment de discuter et il s'est levé pour regagner sa chambre.

– Tu peux m'arranger un rendez-vous avec ta copine ? a-t-il soufflé.

– Laquelle ? Manon ? Perrine ? Clara ?

Il n'a pas répondu. J'ai poursuivi :

– C'est un service que tu me demandes ?

– Oui.

– Oui quoi ? Je n'ai pas bien entendu, il manque le mot magique.

Il s'est retourné et m'a dit, les yeux dans les yeux, sérieux cette fois :

– J'aimerais que tu m'arranges un rendez-vous avec Clara, s'il te plaît. Tu pourrais lui proposer de venir au match demain après-midi.

Je l'ai regardé, interloquée. Max ne m'avait jamais parlé sur un ton aussi aimable de toute ma vie.

– S'il te plaît Sixtine.

J'ai repensé à la lettre de Clara que j'avais cachée dans le tiroir de ma table de nuit. Je ne pouvais plus la donner à Max, c'était trop tard. Mais je ne me sentais pas très fière…

J'ai secoué la tête pour lui montrer que j'allais essayer et il est retourné dans sa chambre. Je me sentais cool après cette discussion. Je ne me faisais pas d'illusions : une fois son rendez-vous fixé, Max reprendrait ses bonnes vieilles habitudes avec moi, et Clara oublierait jusqu'à mon prénom.

Mais il n'est pas désagréable de se sentir indispensable, même si c'est seulement pour deux ou trois jours.

Toute ragaillardie, j'ai entrepris de mettre de l'ordre dans mon placard. Cette fois, j'ai juste vidé l'étagère du haut. Pas question d'avoir le vertige à cause de cette montagne d'objets à trier et à ranger. Une heure plus tard, je me précipitais dans la cuisine pour prendre un paquet de barquettes à la framboise et j'attaquais la deuxième étagère.

Passionnément, à la folie

Le lendemain matin, à peine arrivée au collège, je me suis dirigée vers Clara. J'étais complètement stressée. Je lui ai soufflé :

– Viens chez moi samedi à 14 heures, j'ai une surprise pour toi.

J'avais une voix tellement bizarre qu'elle a dû se demander si ce n'était pas un traquenard. Je suis partie sans attendre sa réponse. Je ne voulais pas lui en dire plus. Je tenais à être présente au rendez-vous que j'avais moi-même organisé entre Clara Parker et Max, c'est pour cette raison que j'ai fixé la rencontre chez moi plutôt qu'au stade.

Samedi, à 14 heures, Clara est venue avec Perrine qui devait s'ennuyer toute seule.

Alors j'ai appelé Manon pour lui proposer de nous rejoindre au stade. On s'est installées sur les gradins et on a attendu que Max et son équipe arrivent. J'ai fait coucou de la main à Paul qui était assis avec des copains en haut des gradins.

– Tu comprends pourquoi je t'ai fait venir ici ? ai-je demandé à Clara.

Elle a souri en me lançant un coup d'œil complice. Le temps que je lui pose la question, Paul avait disparu. Il n'était plus là-haut avec ses amis, ni en bas près du terrain.

– Il est là ! a murmuré Clara.

– Paul ?

– Max !

Max était entré sur le terrain. Il a attendu au moins cinq minutes avant de lever les yeux vers les spectateurs. Quand il nous a vues, il s'est pincé les lèvres pour ne pas montrer qu'il était content. Le match a commencé. Il a joué avec toute son énergie : il courait à fond, il se démarquait, il attaquait. On a pouffé de rire avec Manon lorsqu'il s'est pris les pieds dans le ballon et qu'il s'est cassé la figure tout seul au milieu du terrain. Clara n'a pas trouvé ça drôle.

Elle n'a pas rigolé non plus quand il a reçu un coup de pied dans le tibia par le grand défenseur de l'équipe adverse. Elle a mis sa main devant la bouche pour étouffer un cri et elle a dit :

– Max est blessé, il faut appeler un soigneur. Et puis il y a faute ! Qu'est-ce qu'il fait l'arbitre ?

Et Paul, que faisait-il ? Je l'ai cherché pendant tout le match et je ne l'ai pas trouvé. Avais-je été victime d'une hallucination en le voyant au début avec ses copains ?

À la fin du match, on a attendu Max dans le couloir. On entendait des cris de joie dans le vestiaire de son équipe parce qu'ils avaient gagné à la dernière minute. Clara s'impatientait.

– Vous êtes sûres qu'il n'est pas sorti ? Tu ne veux pas ouvrir la porte pour regarder, Sixtine ?

– Certainement pas, ils sont sous la douche !

On est sorties au-dehors. Max est enfin arrivé avec ses copains. Rouge, les cheveux mouillés tout raplapla, le jogging trop grand qui pendouillait, le sac de sport trop lourd. Il sentait le déodorant à quinze mètres.

– Qu'est-ce que tu fais là ? a-t-il demandé comme s'il ne s'attendait pas à nous voir.

C'était pourtant lui qui m'avait supplié d'amener Clara à son match de foot.

– On passait avec des copines, ai-je répondu.

Il y avait du monde devant le stade. Le soleil était éblouissant. Pourtant j'ai tout vu. Leurs regards se croiser, leurs épaules se frôler, leurs têtes chavirer. Personne ne le remarquait mais moi je savais : une grande histoire d'amour était née.

Clara et Max se sont encore rapprochés. Ils ont échangé un sourire. Il lui a murmuré quelque chose à l'oreille et ils sont partis tous les deux, main dans la main.

– Ils vont où ? s'est étonnée Perrine.

– Ça les regarde, ai-je répliqué.

– Et nous on va rester là à les attendre ?

Manon lui a glissé :

– Toi si tu veux, mais tu risques d'attendre longtemps.

Je les ai observés s'éloigner et s'évanouir à l'angle de la rue. Je me suis sentie soudain légère, comme si tous mes soucis disparaissaient avec eux.

– Bravo ! m'a soufflé Manon qui savait que j'avais fait un gros effort pour en arriver là.

On s'est promenées toutes les trois jusqu'au lac puis Manon et Perrine sont rentrées chez elles.

Je me suis assise sur un banc et j'ai cueilli une pâquerette que j'ai effeuillée machinalement. Un peu, beaucoup, passionnément... Les canards du lac sont venus me voir comme quand j'étais petite.

– Je n'ai pas de pain pour vous, désolée.

Ils ne partaient pas. Au contraire, ils commençaient à s'impatienter et un canard a réussi à monter sur la berge. Il s'est approché de moi et il a mordillé mes chaussures et mon pantalon.

– Oh doucement ! Je ne suis pas comestible ! Allez, retourne avec ta famille !

Mais sa famille l'avait suivi et ils étaient maintenant une dizaine de canards à cancaner de plus en plus fort. Ils devenaient de plus en plus pressants et j'ai eu peur de me faire pincer. J'allais m'enfuir quand tout à coup, ils ont tous foncé dans l'eau.

– J'arrive à temps ! Alors ? On se fait attaquer par une armée de canards ?

Je me suis retournée. Derrière moi, il y avait Paul avec son skate sous le bras. C'est lui qui avait effrayé les canards. Je n'entendais plus rien autour de moi, les bruits du parc s'étaient brutalement assourdis. Je me suis approchée pour lui faire la bise.

Paul aussi m'a paru bizarre. Il a voulu poser son skate contre un arbre mais il est tombé par terre. Il n'a pas eu un geste pour le relever.

On a mis trois quarts d'heure pour faire le tour du lac. On marchait lentement. On ne parlait pas.

– Il m'arrive quelque chose de bizarre, a-t-il finalement déclaré.

– Ah ! Toi aussi ? Et c'est quoi ?

– Je ne sais pas exactement.

Mais quand il s'est tourné vers moi, j'ai lu dans son regard qu'il savait de quoi il s'agissait. On s'est quittés au croisement en se promettant de se retrouver le lendemain.

À la maison, Max était dans sa chambre en train de relire les lettres mauves. Sans doute avait-il appris l'identité de l'expéditrice. J'ai pris mon journal intime pour noter ce qui s'était passé. Aucune phrase, aucun mot, je n'arrivais pas à écrire. J'ai alors compris que si je voulais continuer à écrire, il fallait que je change de carnet. Plus d'une page s'était tournée. Un livre entier s'était refermé.

TABLE DES MATIÈRES

L'AUTEUR

Ségolène Valente est née en 1973 à Paris. À l'école, elle préférait lire et inventer des histoires plutôt que de résoudre des problèmes d'algèbre. Ses professeurs de français lui ont appris à écrire et depuis elle n'a plus arrêté, même en cours de maths : poésies, chansons, pièces de théâtre, nouvelles, romans... Elle a fait des études de lettres et a enseigné le français. Elle aime particulièrement rencontrer ses lecteurs dans les bibliothèques et dans leurs classes. Elle vit en région parisienne avec son fils et son mari.
Vous pouvez retrouver Ségolène Valente sur son site :
http://www.ifrance.com/segolenevalente

L'ILLUSTRATRICE

Marie-Noëlle Pichard grandit auprès d'un père dessinateur de B.D. et décide de devenir... archéologue pour découvrir le trésor de Toutankhamon. Malheureusement, c'était déjà fait ! Puis elle s'aperçoit que le dessin permet de vivre des aventures aussi passionnantes que l'archéologie. Elle se lance alors dans le périlleux métier d'illustratrice. Depuis, elle navigue entre passé et présent au gré des images qu'elle crée pour la presse jeunesse, l'édition scolaire et même médicale. À ses côtés, Lulu, sa chatte égyptienne, s'attaque aux poils des pinceaux récalcitrants tout en gardant un œil sur la souris... de l'ordinateur.

Retrouvez la collection
Rageot Romans
sur le site www.rageotediteur.fr

Achevé d'imprimer en France en février 2006
sur les presses de l'imprimerie Hérissey à Évreux
Dépôt légal : avril 2006
N° d'édition : 4304
N° d'impression : 101022